D1150133

Tila
Bon vent, Fille des trois terres!

Patricia Juste Amédée

# Tila

## Bon vent, Fille des trois terres !

LES INTOUCHABLES

Les Éditions des Intouchables bénéficient du soutien financier de la SODEC et du Programme de crédits d'impôt du gouvernement du Québec.

Nous remercions le Conseil des Arts du Canada de l'aide accordée à notre programme de publication.

Nous reconnaissons l'aide financière du gouvernement du Canada par l'entremise du Programme d'aide au développement de l'industrie de l'édition (PADIÉ) pour nos activités d'édition.

LES ÉDITIONS DES INTOUCHABLES
4701, rue Saint-Denis
Montréal, Québec
H2J 2L5
Téléphone : 514-526-0770
Télécopieur : 514-529-7780
www.lesintouchables.com

DISTRIBUTION : PROLOGUE
1650, boulevard Lionel-Bertrand
Boisbriand, Québec
J7H 1N7
Téléphone : 450-434-0306
Télécopieur : 450-434-2627

Impression : Transcontinental
Maquette de la couverture et logo : Geneviève Nadeau
Infographie : Geneviève Nadeau
Illustration de la couverture : Boris Stoilov

Dépôt légal : 2008
Bibliothèque et Archives nationales du Québec
Bibliothèque nationale du Canada

ISBN : 978-2-89549-311-2

*La grenouille en sait plus
sur la pluie que l'almanach.*
Proverbe créole

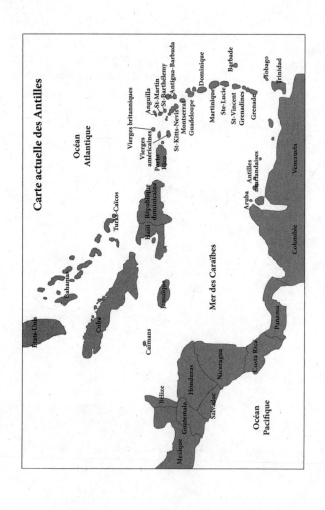

Carte actuelle des Antilles

Une fois son récit terminé, Tila boit une grande gorgée de jus de goyave, le regard perdu au loin, sur la ligne qui sépare le ciel et l'océan, féerie de bleus et de roses à cette heure où le soleil se lève. À force de parler, elle avait la bouche toute sèche.

– C'est incroyable, tu ne trouves pas? finit-elle par demander.

– Je ne vois rien d'incroyable là-dedans, répond tranquillement Chliko-Un en haussant les épaules. C'est dans l'ordre des choses.

– Dans l'ordre des choses?!… répète la jeune Métisse, les yeux ronds d'incrédulité.

Puis elle se tape sur le front et s'exclame :

– Ben oui, voyons! Mais bien sûr! Que je suis bête! C'est dans l'ordre des choses! Un petit bonhomme qui m'arrive même pas au genou veut d'abord me tuer, puis me déclare que je deviendrai sa femme à la prochaine pleine lune et, par la même occasion, la reine du peuple des ti-colos dont il est lui-même le roi! Une fille tombe du ciel et m'assure qu'elle est venue pour m'aider, envoyée par personne d'autre que le Grand-Dieu! Des pirates débarquent dans mon village pour m'annoncer que leur bateau m'a été légué par un homme dont je n'avais jamais entendu parler! Mon oncle invente une histoire pas possible pour leur faire croire que je suis un garçon!

Tila se tait afin de reprendre son souffle. Chliko-Un ouvre la bouche pour parler, mais sa jeune amie ne lui en laisse pas le temps. Aussitôt, elle reprend:

– Mais c'est vrai que, tout ça, ce n'est pas plus incroyable que me faire assommer dans la forêt par un vieux géant qui dit être le chef des inibis du sud et qui m'apprend que je suis la Fille des trois terres, c'est-à-dire celle qui doit empêcher notre monde de sombrer dans le chaos en mettant la main sur le remède qui permettra à Maître Boa de retrouver la vue. Toutes ces choses sont si naturelles qu'il faut vraiment que je manque d'imagination pour m'en étonner!

– Tu ne manques pas d'imagination, tu manques de foi! rétorque le géant en poussant un soupir proportionnel à sa taille.

– Ben tiens! J'allais le dire!… grogne Tila.

– Et vous partez quand? lance innocemment Taïna, la femme de Chliko-Un, pour mettre un terme à cette prise de bec.

– Aucune idée. Ils ne sont arrivés qu'hier. Ils ont bu tellement de vin d'ananas qu'ils se sont tous endormis dans le carbet. Je ne sais pas s'ils y sont encore. Ni s'ils ont vraiment cru l'histoire que Kalidou leur a racontée. Ce matin, je n'ai vu personne. En fait, je suis partie avant que tout le monde se réveille, je crois.

– Ta mère va se demander où tu es passée…

– J'ai dessiné une chute sur la terre, devant la porte de la case, pour lui dire que je partais à la rivière.

– Tu n'as pas eu peur de venir ici avant le lever du jour ? l'interroge encore Taïna.

– Oh si, j'ai eu peur ! répond Tila avec un sourire. J'ai couru aussi vite que j'ai pu. Heureusement, la lune est presque pleine, alors je voyais bien le sentier.

« Lune », « pleine », ces mots lui rappellent le petit roi Crétin. Un frisson secoue ses épaules. Elle se tourne de nouveau vers Chliko-Un et lui demande :

– Pourquoi tu ne m'as pas parlé des ti-colos la dernière fois qu'on s'est vus ?

– Parce que je n'en ai pas eu le temps, déclare le chef des inibis du sud, et, vraiment, je n'aurais jamais pensé qu'ils essaieraient de s'en prendre à toi maintenant. Il faut que tu comprennes qu'ils n'ont pas le droit de venir ici. Cette zone est protégée par des milliers de gardes.

– Qu'est-ce que tu racontes?! fait Tila avec un mouvement de tête qui en dit long sur sa perplexité. Je n'ai jamais vu un seul garde en venant ici…

Chliko-Un prend une grande respiration, puis souffle longuement, tout en pianotant sur la table du bout des doigts.

– C'est fou, ce que cette fille peut m'agacer! marmonne-t-il en regardant sa femme, un sourire au coin des lèvres. Quand je veux me faire plaisir, je pense au moment où je l'ai assommée…

Tila et Taïna éclatent de rire, aussitôt imitées par le vieux géant.

– Mais je l'adore! ajoute-t-il, ses yeux bleus pétillants de bonheur.

La petite Métisse a les larmes qui lui montent aux yeux. Elle se sent étrangement émue, et en même temps flattée, par cette déclaration.

– Moi aussi, je l'adore, dit-elle avec un sourire timide, la gorge serrée par l'émotion, la tête baissée, comme si elle se parlait à elle-même, mais étonnée d'entendre ces mots sortir de sa bouche.

Puis, redressant les épaules pour se ressaisir, elle ajoute:

– Même si je rêve aussi de l'assommer!

– Mmm! je ne voudrais pas te décourager, mais ça ne va pas être facile!… répond Chliko-Un en s'esclaffant encore. Mais qu'est-ce que je disais? Ah oui! je disais que cet endroit est protégé par des milliers de gardes dont on ne peut soupçonner la présence, comme mon amie Tila l'a si judicieusement fait remarquer… Et cela, pour la simple et bonne raison que nos gardes sont les animaux qui peuplent la forêt environnante. Dès qu'un intrus met un pied sur leur territoire, les inibis en sont aussitôt informés par un perroquet, un singe, une abeille… Et s'il s'avère que l'intrus en question est malintentionné, il est chassé de façon… assez brutale, disons, pour ne plus jamais avoir envie de revenir. Les ti-colos l'ont vite appris à leurs dépens et aucun d'entre eux n'ose plus s'aventurer sur nos terres. C'est donc là que je voulais en venir, petite, avant que tu m'interrompes comme tu sais si bien le faire: puisqu'ils ne peuvent envoyer le moindre espion ici, ils ne peuvent pas non plus savoir que tu es venue me voir, et que je t'ai mise au courant de ton titre et de ta mission. Alors, pourquoi vous ont-ils attaqués précisément maintenant, ton oncle et toi? On dirait que quelqu'un leur a dit que nous nous étions rencontrés. En as-tu parlé à quelqu'un?

– Non, je ne l'ai dit à personne. À part à ma mère. Mais ce n'est pas elle, bien sûr.

– Alors, qui le leur a dit ?

– Popokondoe, répond spontanément Tila.

Les deux géants se regardent avec étonnement.

– Popokondoe…, répète Chliko-Un. Mais enfin, petite, qu'est-ce que le grand prêtre de Cachacrou a à voir avec les ti-colos ?

– Eh bien, je ne sais pas… mais j'ai remarqué quelque chose de bizarre…

– Quoi ?

– C'est que le coussin du trône du roi Crétin est fait du même tissu que la grande robe que Popokondoe porte tout le temps.

– Tiens ! Oui, c'est étrange, en effet, dit le vieil inibi d'un air songeur. Étrange… mais pas vraiment étonnant quand on y pense. Oui, oui, oui… Tout se met en place. Mais dis-moi : d'après toi, qui aurait pu dire à Popokondoe que tu es venue ici ?

– Peut-être qu'il l'a compris. Il est tout le temps avec la mère de mon amie Margrite depuis que son mari est parti. Alors, on peut supposer que Margrite a raconté à sa mère que j'avais disparu dans la forêt, le jour où on est allées ensemble à la rivière, et puis que sa mère l'a répété à Popokondoe qui, comme ma mère, a compris tout de suite qu'il se passait quelque chose de pas normal. Ma mère ne savait pas comment expliquer ce «pas normal», mais, lui, il a peut-être fait tout de suite le rapprochement. Si c'est le cas, il lui a suffi de me suivre, ou de demander à quelqu'un de le faire, quand, le lendemain, au lieu d'aller au jardin avec ma mère, je me suis engagée toute seule sur le chemin qui mène ici. Pour quelqu'un qui sait où va ce chemin, il n'était pas difficile de comprendre où j'allais.

– Oui, ça se tient, dit le géant en passant une main dans son énorme tignasse. Alors, ça voudrait dire que Popokondoe est de connivence avec le sorcier Tantiné, le maître des ti-colos, notre pire ennemi…

Après avoir salué ses amis inibis, Tila est partie pour vite rentrer au village. Elle ne veut pas que sa mère s'inquiète.

En marchant sur le sentier tracé dans l'épaisse végétation, accompagnée par le petit singe Totos qui saute dans tous les sens autour d'elle, elle pense à la grosse barbe de Chliko-Un qui a l'air si douce, si soyeuse qu'elle a toujours envie de la toucher. Les hommes kalinagos, eux, n'ont pas de barbe. Ils s'arrachent les poils un à un avec un couteau. Quand il y en a trop, ils les rasent avec un morceau de roseau qui, une fois mouillé et plié, est aussi effilé qu'un rasoir. Et ils brûlent les poils qu'ils ont sur les bras et sur les jambes.

Lorsqu'ils arrivent au tronc d'arbre cassé, Totos pousse des petits cris pour dire au revoir à Tila, puis repart en sens inverse comme il l'a fait la première fois qu'il l'a raccompagnée dans la forêt. Alors, la jeune fille comprend que le territoire des inibis s'arrête à cet endroit précis. Si elle a marché d'un pas léger jusqu'ici, à partir de là tous ses muscles se contractent, toute son attention se concentre. Elle sait qu'à présent tout peut arriver.

Tila continue de marcher prudemment, en regardant devant et derrière, à gauche et à droite. Elle néglige toutefois de regarder en haut, alors que c'est de là que vient le danger. Il s'abat sur elle sous la forme d'une dizaine de ti-colos qui l'attendaient dans un arbre, au bord du chemin, et qui maintenant lui tombent dessus afin de la plaquer sur le sol, tout en émettant des petits cris qui ressemblent à des ricanements. Malgré la force de la poussée, la Métisse ne sent aucune douleur en s'écrasant par terre, comme si les créatures avaient fait en sorte d'amortir sa chute.

– Qu'on la laisse se relever !

Tila reconnaît sans peine la voix du roi Crétin, puis le chœur qui répond :

– Oui, oui, oui ! Nous la laissons se relever !

Les ti-colos la lâchent pour qu'elle se remette debout. Mais aussitôt qu'elle est sur ses pieds, deux d'entre eux enserrent chacune de ses chevilles avec leurs petites mains dont elle sent la force inouïe. On dirait des bracelets de fer qui la retiennent là, lui enlevant toute possibilité de fuir.

Tila voit alors quatre ti-colos sortir de derrière un gros arbre en portant le trône en corail noir qu'ils viennent poser devant elle. Le petit roi Crétin est déjà assis dessus, toujours sur son coussin de velours pourpre.

– Alors, Fille des trois terres, lui lance-t-il sèchement, d'où viens-tu ?

La petite Métisse comprend tout de suite, en voyant son regard dur et en entendant son ton sans douceur, que leur « idylle » est terminée. Elle sent la peur s'infiltrer en elle. Elle sait qu'il est inutile de continuer à jouer la comédie.

Crétin n'attend pas sa réponse, de toute façon. Il aboie d'une voix hystérique :

– Ne mens pas ! Tu étais chez Chliko-Un !

– Oui, oui, oui ! crient les autres sur le même ton. Elle était chez Chliko-Un.

– Fermez-la! hurle Crétin en grimaçant de douleur, les deux mains sur la poitrine. Vous ne voyez donc pas que j'ai le cœur brisé?!

– Oui, oui, oui! font les ti-colos dans un murmure plaintif. C'est vrai, nous avons le cœur brisé!

Ce sont tout à coup des dizaines, des centaines de petits êtres à la fois mâles et femelles qui se mettent à pleurer. Leurs déchirantes lamentations résonnent dans toute la forêt, au point qu'on n'entend même plus les cris des animaux.

Tila est émue aux larmes. Cette scène lui inspire une grande compassion, car elle comprend que Crétin et tous les autres ti-colos, qui en réalité ne sont qu'un, éprouvent en ce moment un horrible sentiment d'abandon, sans doute comme le jour où la petite Catherine est remontée sur le bateau en laissant sa poupée quelque part sur la plage.

Mais lorsqu'elle remarque que leurs yeux sont tout à fait secs, Tila sent les poils de ses bras se hérisser. Cela lui rappelle que ces créatures ne sont pas humaines, qu'elles sont «une pure fabrication du mal», comme le lui a dit son oncle Kalidou quelques jours plus tôt.

Les paroles de Crétin ne tardent pas à le lui confirmer:

– Puisque tu es retournée chez Chliko-Un, cela veut dire que tu as choisi ton camp. Cela veut dire aussi que tu m'as menti, car, au lieu de venir me retrouver à l'endroit où je t'attendais, comme tu m'avais dit que tu le ferais dès que possible, tu as couru chez mon plus grand ennemi! Tu as dit des paroles douces comme le miel dans le seul but de m'amadouer pour mieux me trahir. TU DOIS MOURIR!!!

– Oui, oui, oui, clament à l'unisson ses frères ti-colos. ELLE DOIT MOURIR!!!

Malgré la fraîcheur du matin, Tila sue à grosses gouttes. Son cœur s'emballe comme un cheval fou dans sa poitrine. Elle a la gorge si serrée qu'elle est incapable de dire un seul mot. Elle sait de toute façon que ce serait inutile. Le ton sur lequel Crétin a prononcé cet arrêt de mort était trop implacable pour qu'elle puisse parlementer.

La jeune fille jette un regard affolé autour d'elle, avec le vain espoir de voir quelqu'un qui pourrait l'aider. Mais elle doit bien se rendre à l'évidence: il n'y a personne. Elle est toute seule dans la forêt avec le roi Crétin et sa ribambelle de sujets qui la fixent tous d'un œil impitoyable, les lèvres un peu retroussées sur de minuscules dents étonnamment régulières, blanches comme du coton, mais pointues comme des flèches, prêtes, dirait-on, à déchirer sa chair.

Avec l'énergie du désespoir, Tila tente de lever ses pieds. Peine perdue. Elle a l'impression qu'ils sont cloués au sol, tant les ti-colos les tiennent fermement. Crétin la regarde d'un air plein de mépris, avec un petit sourire sadique, comme s'il se plaisait à la voir si effrayée.

– Décidément, crache-t-il, les êtres de ton espèce sont tous indignes de confiance. Tantiné a raison.

– Oui, oui, oui! font les autres de leur insupportable voix aiguë. Tantiné a raison.

– C'est Tantiné qui te ment, ne peut s'empêcher de répliquer la jeune Métisse.

Le nez en trompette de Crétin se plisse de façon comique, mais Tila n'a aucune envie de rire, car il n'y a pas la moindre lueur de miséricorde dans son expression. Il baisse la tête vers les autres ti-colos et lâche simplement:

– TUEZ-LA!!!

Cette fois, les ti-colos ne répètent pas comme des perroquets ce que vient de dire leur roi. D'un même mouvement, ils sortent de derrière leur oreille droite une minuscule sarbacane et la portent à leur bouche. Tila sent son sang se figer dans ses veines. Elle ferme les yeux et prend une grande respiration.

– Coucou, les amis ! crie soudain une voix fluette.

Tila rouvre les paupières juste à temps pour voir les ti-colos détaler dans tous les sens à une vitesse prodigieuse. Avec une indicible stupéfaction, elle voit également son petit frère, là, à quelques mètres d'elle sur le chemin, qui semble aussi étonné qu'elle. En regardant ces petits bonshommes tout nus qui fuient comme des fourmis dont on attaque la fourmilière, Akil se met à rire en tapant des mains, l'œil brillant de malice, à la fois surpris et fier d'avoir tant de pouvoir.

De derrière un arbre, plus loin, sort Aïsha, la mère de Tila. Aussitôt, cette dernière court vers elle pour se jeter dans ses bras.

– Oh ! maman ! Akil ! comme je suis contente de vous voir ! s'exclame-t-elle, riant et pleurant en même temps, blottie contre la poitrine de sa mère. J'ai eu tellement peur ! J'ai vraiment cru que j'allais mourir.

– J'ai eu peur aussi, ma fille ! Je n'en reviens pas ! Nous sommes arrivés juste à temps !

– Mais qu'est-ce que vous faites là ?

– Quand, en me levant, j'ai vu que tu n'étais pas là, j'ai compris tout de suite que tu étais partie voir Chliko… et j'ai compris aussi l'aveu que cela représentait pour les ti-colos… Quelle imprudence, Tila ! Je te rappelle, au cas où tu l'aurais oublié, que Crétin t'avait dit qu'il t'attendrait tous les jours au lever du soleil en haut du **morne** où vous vous êtes rencontrés, et que tu lui avais juré que tu viendrais aussitôt que tu le pourrais. Alors, en allant chez Chliko ce matin, tu lui as confirmé ce dont il devait commencer à se douter, c'est-à-dire que tu lui avais menti, que tu n'avais pas du tout l'intention d'aller le retrouver comme tu le lui avais fait croire. Pas difficile d'imaginer la suite… Et je ne te félicite pas de ne pas l'avoir fait. Tu dois te servir de ton cerveau, ma fille !

Maintenant que la peur est passée, Aïsha est furieuse.

– Pardon, maman, répond Tila, la mine piteuse. C'est vrai que je n'ai pas réfléchi. J'ai juste suivi mon impulsion.

– C'est ta vie que tu as jouée, Tila. Chacun de nos actes a une conséquence. C'est l'implacable loi du retour. Et je peux t'assurer que c'est la seule loi sur cette terre qu'on ne peut pas contourner.

Aïsha baisse la tête vers Akil qui, tout excité mais ne comprenant rien à ce qui se passe, s'est accroché à sa taille.

---

Aux Antilles, un **morne** est une petite montagne arrondie.

– Maman, où est-ce qu'ils sont passés, les petits bonshommes? C'est un comme ça que j'ai vu dans l'arbre l'autre fois! Pourquoi ils partent si vite quand ils me voient? Ils ont peur de moi? Moi, je n'ai plus peur maintenant. Je voudrais bien jouer avec eux!

– Non, Akil, tu ne peux pas jouer avec eux. Ils sont très méchants. Je vais tout t'expliquer, mais à une seule condition: c'est que tu ne dises rien à personne, même à ton meilleur ami. Promis?

– Promis, maman! répond le petit garçon, tout fier qu'on l'estime digne de garder un secret. Et je te jure que je ne ferai pas comme Tila: je réfléchirai avant de parler ou de faire quelque chose!

Malgré sa colère, Aïsha ne peut s'empêcher de sourire. Elle prend Akil par la main, Tila par le bras, et dit:

– Rentrons chez nous, maintenant!

Tila rentre au village la tête basse. Elle n'est pas très fière d'elle, sachant qu'elle a en effet risqué sa vie bien inutilement. Sans la présence d'esprit de sa mère, elle ne serait plus de ce monde en ce moment. Elle prend encore plus conscience de son imprudence alors qu'elle écoute Aïsha raconter à Akil **l'histoire de la poupée de Catherine**.

– Ah! s'exclame le petit garçon sur un ton entendu, je comprends maintenant pourquoi les ti-colos ont si peur de moi!

– Alors, tu comprends aussi pourquoi je t'ai demandé de venir avec moi ce matin…

– Mmmm.

Akil secoue la tête d'un air diablement sérieux, arrachant un sourire à sa mère et à sa sœur qui n'ont pourtant pas le cœur à rire.

Lorsque apparaissent, au tournant du chemin, les premières cases du village, Tila lance:

---

Voir *Tila, Pirate malgré elle*.

– Où est Mouche?

– Je ne sais pas, répond sa mère d'une voix neutre.

– Qu'est-ce que tu veux dire? fait-elle en lui lançant un regard stupéfait.

– Je veux dire exactement ce que j'ai dit: je ne sais pas! Mouche n'est pas ma fille. Alors, je n'ai pas à surveiller ses allées et venues. Elle est de toute façon assez grande pour savoir ce qu'elle fait. Et si, ce matin, tu avais pris le temps de réfléchir un petit instant et de regarder autour de toi avant de suivre ton impulsion, comme tu dis, tu aurais constaté que Mouche n'était pas dans son hamac.

– Pas dans son hamac?! Mais où est-ce qu'elle était?

– Tu le lui demanderas quand tu la verras… Ce ne sont pas mes affaires.

– Eh ben, dis donc, grogne Tila entre ses dents, pour une fille qui dit qu'elle est là pour m'aider!

– Ah! c'est donc ça! s'exclame Aïsha, laissant libre cours à sa colère. Tu crois que tu peux faire n'importe quoi en te disant que Mouche va courir à ton secours. C'est incroyable comme tu peux passer du scepticisme à la crédulité! Mouche dit qu'elle est là pour t'aider… Mais est-ce que tu t'es déjà demandé si elle n'était pas là pour te nuire?

Tila fixe sa mère avec stupeur. En effet, elle n'a jamais envisagé la possibilité que Mouche puisse être autre chose que ce qu'elle prétend être, c'est-à-dire une espèce d'ange gardien venu pour l'aider et la protéger.

– Ne te fie pas à ce que les gens *disent*, Tila! Regarde ce qu'ils *font*! Alors, seulement, tu sauras qui ils sont réellement!

– Tu crois vraiment que Mouche pourrait être contre moi?

– Ce n'est pas ce que j'ai dit. Je t'ai dit que tu devrais te poser la question… Et ne compte surtout pas sur moi pour te donner la réponse! ajoute Aïsha en voyant que sa fille s'apprête à parler. Ouvre tes yeux bien grands et observe ce qui se passe autour de toi. Comme ça, tu sauras exactement à qui tu as affaire. C'est tellement facile de parler! Tout le monde peut le faire. C'est à toi de découvrir ce qu'il y a derrière, histoire de voir si les actes correspondent aux paroles.

La jeune femme à la peau chocolat s'est arrêtée devant la case de Maman Mo et de Papa Pi, les Indiens kalinagos qui les ont recueillis, son frère Kalidou et elle, lorsque leur embarcation a échoué sur la plage de ce village de la **Dominique**, une quinzaine

---

La **Dominique** est une île des Antilles, située entre la Guadeloupe, au nord, et la Martinique, au sud.

d'années plus tôt. En prenant sa dernière-née, Kicha, dans les bras de sa mère adoptive, Aïsha lance à Tila :

– Je te laisse méditer sur tout ça, ma fille ! Il faut que je fasse cuire les crabes que Cimanari a attrapés.

Un sourire, un clin d'œil, puis elle tourne les talons pour aller préparer le repas. Tila reste plantée là, les bras ballants et la bouche ronde, regardant sa mère s'éloigner de son pas gracieux de reine.

– Saperlipopette ! quelle belle bête ! s'exclame une voix masculine, juste derrière elle.

La petite Métisse se retourne d'un bond pour se retrouver nez à nez avec un garçon de quatorze ou quinze ans. Tous deux s'observent un bon moment – lui avec les yeux écarquillés, en proie visiblement à une grande surprise ; elle aussi avec étonnement, mais avec en plus un rien de dégoût, car il est sale du bout de ses orteils à la pointe de ses longs cheveux foncés, qui semblent ne pas avoir vu un peigne depuis bien longtemps.

– C'est toi, Tila ?… lui demande-t-il d'une voix hésitante, la fixant de ses yeux noirs qui pétillent de malice et de vivacité.

– Oui, c'est moi, répond la jeune fille, irritée. Pourquoi tu me regardes comme ça ?

– Ben, c'est que je ne m'attendais pas à voir un… une… un… garçon… si belle. Je veux dire : une fille si belle…

– De qui tu parles ?

– De toi, bien sûr. Quelle question !

– Alors, qui c'était, juste avant, la belle bête ?

– La femme qui vient d'entrer dans cette maison. T'as pas vu le beau morceau de viande que c'est ?

– Bête ! Morceau de viande ! répète Tila d'un air indigné. C'est comme ça que tu parles d'une femme qui pourrait être ta mère et qui, en l'occurrence, est la mienne ?

– Ben, tu sais, je n'ai pas eu de mère, moi, explique le garçon en haussant candidement les épaules. Enfin, je veux dire que je ne l'ai pas connue… J'ai grandi dans la rue, si on peut dire. Tous les hommes qui sont autour de moi, c'est des choses comme ça qu'ils disent quand ils voient des femmes. Alors, j'ai toujours fait pareil sans me poser de question. Mais maintenant que tu me le fais remarquer… je vois bien que ce n'est pas très gentil, en effet, et je te prie de me pardonner ces vilains mots.

Surprise par tant de bonne volonté et par ce revirement auquel elle ne s'attendait pas, Tila se contente de hocher la tête et de lui sourire. Elle finit par lui tendre la main et lui demander :

– Comment tu t'appelles ?

– Gabriel, répond l'adolescent en prenant sa main pour la serrer avec chaleur.

– Ça fait longtemps que tu es sur ce bateau ?

– Non, même pas une semaine. Ils m'ont volé.

Tila le regarde avec des yeux ahuris.

– Je ne comprends pas, fait-elle. Qu'est-ce que tu veux dire ?

– J'étais sur un autre bateau. On a fait une escale pour se ravitailler dans une île qui s'appelle **Sainte-Lucie**. Il y avait une belle baie, avec des collines très vertes tout autour et une pointe de terre qui s'avançait dans l'eau. Le soir, je suis allé sur la plage pour regarder le coucher de soleil sur la mer. Je fais toujours ça quand on s'arrête quelque part parce que j'aime me retrouver seul, ce qui n'arrive pas souvent quand on est sur un bateau. J'étais là, couché sur le sable, et j'étais tellement bien que je me suis endormi. Eh ben, crois-le si tu veux, mais quand je me suis réveillé, j'étais sur un bateau qui n'était pas le mien et qui était déjà loin de la côte ! C'était celui-là… le *Joyeux*

---

**Sainte-Lucie** se trouve entre la Martinique, au nord, et Saint-Vincent, au sud.

*César*, qu'ils l'appellent. Si tu veux mon avis, il n'a rien de plus joyeux que les autres. C'est toujours la même vie de travail et de misère.

– C'est toi qui l'as choisie.

– Pas du tout! Les hommes de l'autre bateau m'avaient aussi volé…

– Quoi?!

– Un peu, oui! Même chose: je dormais dans une ruelle, juste à côté du port, dans la ville où je vivais en France – c'est une ville qui s'appelle Bordeaux – et, le lendemain matin, paf! pareil, je me suis réveillé pour dégobiller sur un bateau qui remontait la Gironde – c'est le nom du fleuve qui va jusqu'à l'océan. Ça fait deux ans. Je n'ai pas encore revu mon pays, mais au moins, maintenant, je n'ai plus le mal de mer…

– Dis donc, tu as le sommeil lourd!

– Ça, tu peux le dire, ma vieille… euh… mon vieux!

– Si tu dis seulement « Tila », ça va être plus simple…

– Mais c'est vraiment vrai, ce qu'ils disent? Que tu es un garçon qui s'est transformé en fille?

Tila se sent mal à l'aise, tout à coup. Elle n'a pas envie de mentir à ce garçon qu'elle trouve bien sympathique. Mais elle doit se rendre à l'évidence : elle n'a guère le choix. Les durs à cuire du *Joyeux César* ne l'accepteront jamais à bord, encore moins en tant que capitaine, s'ils savent qu'elle est une *vraie* fille. Aussi farfelue soit-elle, cette histoire inventée par Kalidou est la seule qui puisse lui permettre de prendre le commandement de ce bateau et, ainsi, de se rendre là où elle le désire afin d'accomplir la mission que lui a confiée Chliko-Un.

– Oui, c'est vrai, finit-elle par répondre à voix basse. C'est un affreux sorcier qui nous a jeté un sort, à mon ami Mouche et à moi. On était des garçons et on s'est retrouvés dans des corps de filles… Un peu comme toi quand tu t'es retrouvé sur un bateau où tu n'avais pas voulu aller, tu vois ?

– Oui, je vois, murmure Gabriel d'un air pensif. Mais, quand même, c'est dommage…

– Qu'est-ce qui est dommage ?

– J'aurais mieux aimé, moi, que tu sois une vraie fille, répond-il avec un gentil sourire. Je te trouve drôlement bien comme ça !

Le soleil est au zénith, obligeant les gens du village à se mettre à l'abri de ses rayons brûlants. De la grosse marmite posée sur le feu s'échappe un délicieux fumet qui fait saliver Tila. Il n'existe rien de meilleur, pour elle, que les crabes que prépare sa mère. Chaque fois qu'elle en mange, elle en décortique patiemment chaque partie pour être sûre qu'il ne reste pas le moindre bout de chair à l'intérieur de la carapace, puis elle suce la coquille pour aspirer le jus qu'il y a encore dedans.

Le village est paisible. Ce serait un jour comme les autres s'il n'y avait pas, là-bas, ce bateau qui danse sur les flots. Tila n'a pas encore revu Pierre Jean, le capitaine temporaire du *Joyeux César*. C'est lui qui lui a annoncé, pas plus tard qu'hier, que ce magnifique trois-mâts lui avait été légué par un certain Joseph Lataste, lequel était, semble-t-il, le frère de son père, autrement dit son oncle.

Après avoir marché jusqu'au bord de la mer un instant plus tôt, Tila a constaté que les deux chaloupes étaient retournées au navire. Sûrement pendant qu'Aïsha et Akil étaient dans la forêt, car ce dernier lui a assuré, lorsqu'elle le lui a demandé, qu'elles étaient encore sur la plage quand il s'est levé ce matin et qu'elles n'y étaient plus quand il est revenu. Mais alors pourquoi Gabriel est-il resté à terre? Et si les pirates l'avaient laissé là pour l'espionner? Que fait-il maintenant? Est-il caché derrière un arbre pour observer ce qu'elle fait, ou bien a-t-il regagné le bateau à la nage?

«Je suis sûre qu'ils n'ont pas cru l'histoire de Kalidou, a songé Tila en contemplant le bateau, assise sur une pierre. Peut-être qu'ils vont lever l'ancre et que je ne les reverrai jamais.»

Depuis, elle ne fait rien d'autre qu'attendre. Elle attend que cuisent les crabes; elle attend que réapparaissent Mouche et Kalidou, qui a lui aussi disparu; elle attend que les hommes du *Joyeux César* lui donnent leur verdict, soit en repartant comme ils sont venus, soit en remontant dans les chaloupes pour revenir la chercher.

Elle se sent étrangement vide, comme si son destin était en suspens.

Tila a déjà attaqué les crabes lorsqu'elle voit Mouche et Kalidou se pointer sur le chemin, bavardant, guillerets, comme si de rien n'était, comme s'ils se moquaient pas mal de l'inquiétude qu'ils ont pu lui causer.

– Où étiez-vous ? leur lance-t-elle d'un ton aigre, l'œil mauvais, quand ils arrivent devant elle.

Mouche et Kalidou se regardent en haussant les sourcils d'un air interrogateur, puis ils se mettent à rire et répondent à l'unisson :

– Ça ne te regarde pas !

– Mais…

La petite Métisse n'a pas le temps de dire un mot de plus. Mouche et Kalidou se dirigent vers leurs cases respectives sans lui accorder davantage d'attention.

« Pauvre Tila ! se dit Aïsha qui regarde la scène sans en avoir l'air, un imperceptible sourire au coin des lèvres. Ce n'est pas son jour aujourd'hui ! Tout le monde lui rentre dedans. Mais bon, il faut ça, des fois, pour grandir… »

Tila se lève et, d'un pas rageur, marche en direction de la mer. Il faut qu'elle soit drôle-ment contrariée pour abandonner ainsi un crabe encore plein de bonne chair juteuse et parfaitement épicée. Alors qu'elle a presque atteint la plage, elle entend une voix crier :

– Tila ! Tila !

Elle n'a pas besoin de se retourner pour savoir qui l'appelle comme ça. Elle connaît cette voix. C'est celle de son amie Margrite qui vient vers elle au pas de course.

– Attends-moi, Tila ! fait-elle en haletant, tant elle a couru vite.

– Qu'est-ce que tu veux ? demande la petite Métisse sur un ton impatient. Tu veux t'approcher d'un maboya comme moi, maintenant ? Tu n'as plus peur des mauvais esprits ?

Margrite, qui est à présent devant elle, baisse la tête pour murmurer :

– Je comprends que tu sois fâchée, Tila. Je sais que je t'ai fait de la peine et je te demande pardon. Mais j'ai vraiment cru que tu étais possédée du démon… ou alors que tu étais folle… Je te jure que c'est l'air que tu avais quand tu m'as parlé de tes visions au bord de la rivière. Ensuite, tu as disparu comme par enchantement et, dans ma tête, ça a confirmé ce que je croyais. Et puis, quelques jours après, tu es revenue avec cette fille qui ne ressemble à rien de ce qu'on a déjà vu… Tu admettras que ça fait beaucoup de choses bizarres…

Tila sourit malgré elle. « Bizarre, c'est le moins qu'on puisse dire ! se dit-elle. Et encore, elle ne sait pas tout ! »

– Mais hier, continue Margrite, quand ce Blanc a annoncé qu'il venait te remettre ce bateau que ton oncle t'a laissé, j'ai compris que tu n'étais ni folle ni possédée. J'ai compris que tu avais eu des vraies visions dans ton sommeil. Ce bateau, c'est celui que tu as vu en rêve, hein ?

– Ben, oui… peut-être… Je ne sais pas, Margrite. Je ne sais plus rien…

En disant ces mots, Tila fixe le superbe trois-mâts qui tire sur la grosse chaîne de son ancre, poussé par le vent et le courant. Les deux chaloupes y sont toujours amarrées. « Au moins, il reste un espoir, songe-t-elle. Ils n'ont pas encore décidé de les remonter à bord. » La jeune fille distingue la haute silhouette de Pierre Jean. Il arpente le pont en faisant de grands gestes avec ses bras. Les hommes du *Joyeux César* sont rassemblés devant lui, à la proue du navire. Visiblement, ils sont en pleine délibération.

– Tu vas partir avec eux ? lui demande Margrite, l'arrachant à ses pensées.

– Quand j'ai vu ce bateau, hier, il m'a semblé étrangement familier, répond Tila, qui n'est pas rancunière pour un sou. J'ai eu la certitude, à un certain moment, que je devais partir. Je me suis vue à la barre comme dans mes rêves. Mais, maintenant, je ne sais plus.

C'est flou. Je ne sais pas comment mettre en mots ce que je ressens. J'ai envie de partir et, en même temps, je n'en ai pas envie. C'est exactement comme dans mes rêves: il y a un côté excitant et un côté effrayant, des gens qui sont hostiles et d'autres qui sont amicaux. J'aimerais que quelqu'un de mon entourage me dise ce que je dois faire, mais, depuis ce matin, tout le monde m'envoie balader…

– C'est normal, Tila. Personne ne veut te donner la réponse que tu cherches parce qu'il n'y a que toi qui peux la trouver. Il n'y a que toi qui peux prendre cette décision.

Tila secoue la tête sans rien dire, sachant bien que Margrite a raison.

– Tout ce que je peux te dire, Tila, c'est que, d'aussi loin que je me souvienne, je t'ai toujours entendue parler d'ailleurs. C'est toi qui m'as appris qu'il y a d'autres pays, d'autres terres que celles où nous sommes nées, des gens qui ne vivent pas et ne pensent pas de la même façon que nous. Nous étions toutes petites et, déjà, tu me parlais de l'Afrique, de la France, des autres îles. J'ai toujours su qu'un jour tu partirais, même si j'étais loin d'imaginer que ce serait de cette façon.

Sur ces mots, Margrite salue Tila d'un sourire et d'un hochement de tête, puis repart en courant vers le village, comme si cette incorrigible bavarde craignait d'en dire trop, d'influencer la décision de son amie de quelque façon que ce soit. La petite Métisse se retrouve seule de nouveau, mais elle se sent mieux à présent, d'abord parce qu'elle s'est réconciliée avec Margrite, ensuite parce que celle-ci l'a aidée à y voir plus clair.

Tila marche vers le rocher du bout de l'île, son refuge de toujours, le grimpe en quelques énergiques enjambées, puis s'assoit en tailleur à son sommet. Elle regarde droit devant elle, vers le large, le dos tourné au bateau qui mouille dans la baie, *sa* baie, celle qu'elle voit depuis le jour où elle a ouvert les yeux sur ce monde.

La jeune fille reste longtemps ainsi, sans bouger, accordant sa respiration au mouvement de la mer. Elle expire au flux, quand une petite vague vient se briser sur les rochers en dessous d'elle, puis inspire au reflux, quand l'eau se retire. Entre les deux, le monde est en suspens. Sa tête se vide. Toute son âme, tout son corps, tous ses sens vibrent au rythme de la vie qui l'entoure en une infinie pulsation. Elle entre dans le Tout, et le Tout entre en elle. Elle devient roche, eau, vent, nuage, insecte, oiseau, poisson… Elle voit tout, entend tout, sent tout.

C'est un « splash » là-bas, sur l'eau, qui lui fait tourner la tête. L'avant d'une des chaloupes est au-dessus des flots. Aucun doute : on est en train de la hisser pour la remonter à bord. L'arrière se soulève aussi. L'embarcation monte lentement entre la surface de l'eau et le plat-bord du trois-mâts.

Le cœur de Tila se serre. Sa bouche ne s'ouvre pas, mais pourtant un cri résonne dans sa tête : NON !!! Toute sa volonté se concentre dans ce mot.

Elle ferme les yeux, prise de vertige. Tout tourne à une allure folle autour d'elle et en elle, comme si elle était au centre d'un de ces ouragans qui, parfois, s'abattent sur cette île et cassent tout sur leur passage.

Lorsqu'elle rouvre les paupières, Tila se trouve sur le pont du *Joyeux César*. Elle porte la robe de soie rouge sang qu'elle a déjà vue en songe, la même lourde couronne, la même énorme bague sur laquelle sont gravés un serpent et trois petits cercles. Elle se sent plus légère que l'air et, en même temps, incroyablement puissante. Elle sait, à ce moment précis, qu'elle est la Fille des trois terres. Elle sait aussi que ce bateau est à elle. Il est en tous points semblable à celui de ses rêves.

Tous les yeux se tournent vers Tila qui, à l'instant où ils se posent sur elle, y voit apparaître une indicible terreur. Les sourcils s'arquent, les bouches s'ouvrent, les muscles se tendent, les poings se crispent. Tous les hommes du *Joyeux César*, du plus petit au plus grand, du plus peureux au plus brave, claquent des dents, tremblent comme feuilles dans le vent. Gabriel, qui est là, appuyé au grand mât, est aussi livide que les autres. Il ne semble pas la reconnaître.

Les mains sur les hanches, les jambes légèrement écartées, le dos bien droit, le regard dur, la Fille des trois terres se tient devant la barre à roue. À sa grande surprise, c'est une voix d'homme qui sort de sa bouche lorsqu'elle déclare sur un ton impérieux :

– Vous ne pouvez pas faire ça !

Tila frissonne. Elle ouvre les yeux, les frotte, secoue la tête dans tous les sens, se tape sur la joue. Non, elle ne rêve pas : elle est bien assise au même endroit, sur le rocher du bout de l'île. Elle porte la tunique et le pantalon orange qu'elle a mis ce matin. Pas de robe rouge, pas de bague, pas de couronne. Mais que s'est-il donc passé ? Elle était ici, puis là, puis encore ici. Comment une telle chose est-elle possible ? Elle n'y comprend plus rien.

La jeune fille se frotte les yeux de nouveau. Est-elle en train de devenir folle ? Est-elle victime d'une hallucination? On dirait que la chaloupe, là-bas, redescend. Oui, oui, elle touche l'eau maintenant! Les hommes du *Joyeux César* ont changé d'avis! Tila n'en revient pas. Elle ne sait pas comment elle s'y est prise, mais elle a réussi! C'est, cette fois, un cri de joie qui monte dans sa gorge.

– Mmm! impressionnant! s'exclame un homme, derrière elle, d'une voix grinçante qui lui donne la chair de poule.

C'est Popokondoe, le grand prêtre du village, vêtu de sa longue robe en velours pourpre. Un rictus méchant tord ses lèvres, le rendant encore plus hideux, lui qui est déjà laid comme un crapaud.

– Je dois reconnaître que tu as du talent, Fille des trois terres. Plus, en tout cas, que je ne le croyais. J'avoue que je t'ai sous-estimée. Mais, malheureusement, tu n'auras pas le temps de découvrir tes réels pouvoirs et de les développer, puisque je suis plus puissant que toi et que je vais tout de suite t'éliminer. Car personne ne peut se mettre sur mon chemin, tu entends? Personne ne peut empêcher mon maître Tantiné de prendre la place qui lui revient.

Popokondoe se met à rire. Ce n'est pas un rire, en fait; plutôt une succession de gloussements sinistres qui provoquent autant de frissons sur la peau de Tila. Celle-ci se sent affreusement vulnérable face à cet homme qui la domine de toute sa taille alors qu'elle est assise sur le sol. Le grand prêtre sent sa frayeur et s'en délecte. Il reste un moment à la fixer avec un sourire sadique sur les lèvres, comme s'il voulait faire durer le plaisir.

– Finissons-en! dit-il soudain. J'ai autre chose à faire.

Sur ces mots, le vilain bonhomme recule d'un grand pas et lève les deux bras vers le ciel en marmonnant des paroles incompréhensibles. Puis il joint ses mains et les tend en direction de Tila. Tombent alors sur le rocher, devant elle, des dizaines de scolopendres qui, en ces lieux, sont énormes et dont la piqûre s'apparente à celle du scorpion.

– Allez, mes petites mignonnes, débarrassez-moi de ça et qu'on n'en parle plus! lance Popokondoe en pointant vers la Fille des trois terres un index crochu, terminé par un ongle très long, noir de crasse.

Tila frémit de terreur en voyant les gros mille-pattes se mettre en rangs comme une petite armée, puis s'avancer vers elle dans un mouvement ondulant. À ses yeux, il n'y a pas, sur la terre, créatures plus répugnantes que celles-là. Cependant, malgré le dégoût qu'elles peuvent lui inspirer, les scolopendres ne représentent pas, en tant que telles, une grande menace pour elle. Il lui suffit de bondir sur ses pieds pour s'échapper en courant ou pour sauter dans l'eau. C'est ce qu'elle se dit en les regardant s'approcher d'elle.

Mais force lui est aussitôt de constater que ce n'est pas aussi simple que ça, que Popokondoe a plus d'un tour dans son sac. En effet, lorsqu'elle essaie de se lever, Tila se rend compte qu'elle est incapable de bouger ne serait-ce que le petit doigt. Tout son corps est paralysé. Elle est comme un bloc de pierre, aussi lourde qu'une baleine. Muette aussi, car aucun son ne sort de sa gorge quand elle veut pousser un cri d'horreur. Les scolopendres sont maintenant tout près d'elle, dangereusement près d'elle.

« **Chemin**, aide-moi ! » implore-t-elle intérieurement.

Le grand prêtre tape des mains en ricanant, tant cette scène le réjouit.

– C'est fou comme la peur peut déformer un visage ! exulte-t-il. Te voilà aussi laide que moi ! Allez, mes petites amies, continuez votre route jusqu'à cette chair tendre où vous pourrez planter vos crochets pleins de venin.

---

**Chemin** est une divinité caraïbe. On pourrait dire qu'il est à la fois dieu et diable.

Les scolopendres, habituellement capables de se déplacer très vite, semblent prendre leur temps, comme si elles voulaient donner à leur maître un plus long spectacle… et soumettre leur victime à un plus long supplice.

Tila ne peut même pas fermer les yeux pour ne plus les voir, car ses paupières sont aussi figées que le reste de son corps. Mais, soudain, elle sent un mouvement rapide sur le côté ; elle voit passer une ombre à l'extrême limite de son champ de vision. Elle ne peut tourner la tête pour voir de quoi il s'agit. Elle entend juste un bruit, puis elle voit une boule de feu s'écraser sur l'armée de scolopendres.

Ça craque, grésille, pétille ! Et puis, plus rien. Seulement des dizaines de corps de mille-pattes qui n'ont plus une seule patte ni un seul crochet, inoffensifs, morts, carbonisés.

La petite Métisse peut alors tourner la tête et elle comprend tout de suite que c'est parce que Popokondoe a arrêté de la fixer. Il a en effet tourné la tête, lui aussi, pour regarder la créature qui bondit dans sa direction en laissant entendre un ricanement encore plus démoniaque que le sien.

Tila a l'incommensurable surprise de voir Mouche qui lance au grand prêtre :

– Alors, vieux pas beau, tu fais la fête sans inviter tes copines sorcières ? Moi, tu vois, je suis plus polie : je t'invite au barbecue. La scolopendre grillée, c'est bon pour le teint ! Je te trouve un peu pâle, en ce moment !

À la vitesse de l'éclair, Popokondoe sort un long coutelas des replis de sa robe et en abat la lame sur Mouche. Cependant, cette dernière saute encore plus promptement en l'air pour l'éviter. Elle fait une pirouette au-dessus du sorcier, puis retombe derrière lui. L'homme se retourne d'un bond pour l'attaquer de nouveau, projetant son arme dans sa direction. Il frappe et frappe encore.

Mais il n'y a rien à faire. Mouche est trop rapide, trop agile. Elle saute dans tous les sens comme si elle était montée sur ressort. Elle bondit en avant, rebondit en arrière, cabriole à gauche, virevolte à droite. La lame ne l'effleure même pas, ne fendant rien d'autre que l'air. Infatigable, la jeune fille continue de l'esquiver avec une facilité déconcertante et un sourire narquois qui rend le grand prêtre fou de rage.

Tila n'a pas bougé, clouée au sol, cette fois, par la stupéfaction. Elle regarde la scène d'un air hébété, complètement dépassée par les événements. Mais, tout à coup, elle se sent si épuisée qu'elle a du mal à garder ses paupières ouvertes. Tous ses muscles lui font mal, comme si elle avait couru pendant des heures. Son corps devient tout mou. Ses yeux se ferment. Elle s'effondre sur le rocher.

Avant de perdre connaissance, la Métisse entend une dernière fois la voix de Popokondoe:

– Si tu dis quoi que ce soit aux gens du village, tes frères et ta sœur mourront dans les plus effroyables souffrances. Je n'ai pas un cœur de salade comme cet idiot de Crétin!

Lorsqu'elle revient à elle, Tila est couchée dans son hamac, à l'intérieur de sa case.

– Oh! que je suis content! s'exclame Akil en se levant d'un bond du petit tabouret sur lequel il était assis, tout près d'elle. J'ai eu peur que tu ne te réveilles plus.

Puis il crie:

– Maman! Viens vite! Tila est réveillée!

Aussitôt, Aïsha entre dans la case, s'approche du hamac et se penche vers sa fille pour la serrer dans ses bras.

– Comment tu te sens? lui demande-t-elle.

– J'ai mal à la tête, répond Tila en plissant le front.

– Je vais te faire une infusion.

– Qu'est-ce qui s'est passé?

– Je n'en sais rien. Je comptais sur toi pour me le dire… Kalidou t'a trouvée inconsciente sur le rocher du bout de l'île. On s'est inquiétés en voyant que tu ne revenais pas au coucher du soleil. Alors, on est partis te chercher. C'est lui qui t'a trouvée. Et depuis hier…

– Hier ?! s'écrie Tila, tout étonnée.

– Oui, ma fille, tu dors depuis hier ! Tu nous as fait une sacrée peur. On a passé toute la nuit à te veiller chacun notre tour. Tu délirais, tu parlais dans ton sommeil. J'ai bien écouté, mais je n'ai pas compris un seul mot de ce que tu disais. Je t'avoue que j'ai cru, à un certain moment, que ton esprit nous avait quittés.

– C'est peut-être le cas, murmure la jeune fille qui se sent complètement confuse.

– Non, dit Aïsha en lui faisant un sourire. Je vois la même flamme que d'habitude dans tes yeux. Tu dois juste te reposer. Tu as vécu des choses vraiment pas ordinaires, ces derniers jours… Ça commence à faire beaucoup d'émotions !

Elle se penche encore une fois pour déposer un baiser sur le front de sa fille.

– Je reviens, lance-t-elle en se dirigeant vers la porte.

– Maman…

– Oui ?

– Est-ce qu'ils sont partis ?

Aïsha sourit de nouveau.

– Tu vois que tu as toute ta tête !… Ne t'en fais pas, ma fille, ils t'attendent.

Tila pousse un soupir de soulagement. Le bateau est encore là ! *Son* bateau ! Ils ne sont pas partis ! Elle sent en elle une grande joie.

Alors, elle ferme les yeux et, peu à peu, tout lui revient. Elle revoit ce qui s'est passé sur le rocher du bout de l'île, ou du moins ce qui lui *semble* s'être passé, car cela est si étrange qu'elle se demande si elle n'a pas, malgré ce qu'en dit Aïsha, perdu l'esprit.

Lorsque sa mère revient avec une tisane bien chaude, Tila s'empresse de tout lui raconter. Les yeux écarquillés, Aïsha écoute son récit sans broncher. Puis, une fois que sa fille s'est tue, elle dit à voix basse :

– Pourtant, je ne l'ai pas vue sortir…

– Qui ? demande Tila après avoir avalé une grosse gorgée du liquide parfumé dont elle sent la chaleur se répandre dans tout son corps.

– Mouche. Dès qu'elle est revenue avec Kalidou, elle est tout de suite allée retrouver son « cher hamac », comme elle dit. Je n'ai pas bougé d'ici et je ne l'ai pas vue sortir de la case de tout l'après-midi. C'est quand on a décidé de partir à ta recherche qu'elle est sortie. Et elle ne savait pas où tu étais. Ou, du moins, elle ne l'a pas dit. Mais maintenant que j'y repense… c'est vrai qu'elle a insisté pour que Kalidou aille voir si tu n'étais pas sur le rocher pendant que nous ferions le tour du village. Elle a dit que tu ne pouvais pas être retournée dans la forêt à cause de ce qui s'était passé le matin avec les ti-colos. D'abord, ça m'a étonnée, qu'elle dise ça, parce que je me suis demandé comment elle le savait. Et puis, j'ai pensé qu'elle avait dû entendre quand je l'ai raconté à Kalidou. On était assis là, juste à côté de la porte.

– Où est-ce qu'elle est maintenant ?

– Elle s'est levée tard parce qu'elle a passé une partie de la nuit, elle aussi, à te veiller. Elle a mangé un peu. Et puis, elle m'a dit qu'elle allait se laver à la rivière. Ça fait un bon moment. Je ne l'ai pas revue depuis.

– Je ne sais plus quoi penser, maman…

– Alors, ne pense pas, réplique Aïsha en haussant les épaules d'un air fataliste. Ne t'inquiète pas, les choses vont se mettre en place petit à petit dans ta tête. En attendant, comme je te l'ai dit hier, prends soin de bien regarder ce qui se passe autour de toi.

Elle secoue la tête, pousse un long soupir, puis ajoute :

– Si tu crois que je sais quoi penser, moi… Comment on pourrait le savoir alors que tout ça nous dépasse tellement ?!

– Ça alors, pour être dépassée, je suis dépassée ! s'exclame Tila avec un pâle sourire. C'est rien de le dire !

– On a la comprenette au ras des pâque-rettes, comme aurait dit Henri, le meilleur ami de ton père.

— Mais, maman, fait Tila, retrouvant tout à coup un air très sérieux, tu crois que c'est vraiment moi qui étais sur le bateau avec cette robe rouge et cette couronne?

— Ça, ma fille, je n'en ai aucune idée. Mais le résultat est là : ils ne sont pas partis comme ils en avaient visiblement l'intention... Attendons la suite ! Nous finirons sûrement par comprendre quelque chose... s'il y a quelque chose à comprendre...

— *Maboiqua immourou*, lance Papa Pi à Gabriel qui est adossé contre un arbre, de l'autre côté du sentier.

— *Mabiorgnora hi*, dit Maman Mo en le regardant aussi.

Gabriel retrousse la lèvre inférieure et lève les épaules, les mains tendues devant lui, pour leur signifier qu'il ne comprend rien.

— *Accabou ou ou*, insiste le vieux Kalinago.

— *Acquiestios*, ajoute sa femme.

Le jeune matelot ne bouge pas d'un poil, car on lui a dit et répété de toujours se méfier de ces «sauvages». Tila, qui a tout vu et tout entendu, sort de la case en rigolant.

– C'est ça! Fous-toi de moi! s'exclame Gabriel d'un ton irrité. Qu'est-ce qu'ils me disent? D'aller me faire voir, c'est ça?

– Dis donc, tu as dû grandir entouré de gens bien méchants pour avoir de telles pensées! Ce n'est pas du tout ça qu'ils ont dit. En premier, ils t'ont dit chacun à leur tour: «Bonjour, mon fils.» Et après: «Viens ici.»

– Tu vois que tu te moques de moi! Ils m'ont dit quatre phrases différentes et tu ne m'en traduis que deux.

Tila rit de plus belle, sans se préoccuper de la susceptibilité de son nouvel ami. Elle s'approche de lui, le prend par le bras et l'entraîne vers le banc qui se trouve sous le grand acajou.

– Arrête de râler, lui dit-elle. Assieds-toi à côté de moi. Je vais t'expliquer.

Ce garçon est décidément bien docile, car il s'assoit sur le banc en déclarant simplement:

– Je t'écoute.

– C'est qu'ici, vois-tu, les hommes et les femmes ne parlent pas la même langue.

– Tu te moques encore de moi? grommelle Gabriel en la regardant d'un air suspicieux, mais avec un tout petit sourire en coin.

– Non, je te jure! répond Tila dans un éclat de rire. C'est la vérité. Je t'assure qu'ils t'ont dit tous les deux la même chose, mais chacun dans leur langue.

– Mais enfin, comment c'est possible?

– Ils disent que c'est parce que les hommes et les femmes ne parlent pas des mêmes choses, qu'ils ont des natures différentes.

– Sans blague?

– Si je te le dis! Il y a une autre version. Mais je n'y crois pas trop parce qu'elle vient d'un étranger qui a vécu quelques mois à peine ici, et qui pense connaître assez bien les Kalinagos pour pouvoir expliquer comment ils vivent. Mon oncle Kalidou l'a rencontré dans le nord de l'île. C'est lui qui m'a raconté tout ça. Bref, d'après cet homme blanc, les Kalinagos auraient exterminé les Arawaks et auraient pris leurs femmes. C'est pour cette raison, selon lui, qu'ils ne parlent pas la même langue, les uns parlant kalinago et les autres, arawak, tu comprends?

Sans attendre de savoir si Gabriel comprend ou non, Tila continue:

– Franchement, je trouve ça fumeux comme explication. Ce n'est pas logique. Les Kalinagos sont arrivés ici depuis trop longtemps. Regarde, ça fait à peu près seize ans que ma mère et mon oncle sont ici, et ils peuvent comprendre et parler les deux langues. Je veux dire: celle des hommes et celle des femmes.

Alors, en admettant que les Kalinagos aient piqué les femmes des Arawaks, elles devraient parler le kalinago depuis belle lurette. De toute façon, d'après Kalidou, les Blancs, ils racontent n'importe quoi. Il dit qu'ils font tout pour faire croire que les Indiens sont méchants. Ça leur donne une bonne excuse pour les massacrer ou les exploiter, tout ça bien sûr dans le but de prendre leurs biens et leurs terres. Si tu tues un gentil, tu passes pour un salaud. Mais si tu tues un méchant, on dit que tu es bon. Alors, si tu veux tuer quelqu'un, tu as intérêt à t'arranger pour que tout le monde pense que c'est un méchant.

– Mais, moi, je suis Blanc et je ne veux rien prendre aux Indiens, ni leur faire de mal.

– Oui, bien sûr. C'est une façon de parler quand je dis «les Blancs». Je le suis à moitié, moi aussi. Blancs, Noirs, Indiens, à l'intérieur, on est tous de la même couleur.

– Oui, mais ce n'est pas tout le monde qui y regarde, à l'intérieur, ajoute une voix derrière eux.

Ils se retournent tous les deux en même temps pour faire face à Mouche qui tend sa main à Gabriel en lui lançant joyeusement :

– Bonjour ! Je suis Mouche.

– Ah bon ! fait Gabriel. Alors, c'est toi, l'autre… transformé ?

– Tout juste, mon vieux ! C'est moi ! Et toi, tu es un vrai garçon ?

– Ben… euh… oui… je crois…, bafouille le jeune matelot, désorienté par la question de Mouche.

– C'est dommage, on ne pourra pas échanger nos vernis à ongles !

– Mais de quoi tu parles ?! demande Gabriel, le visage plissé par l'incompréhension.

– Laisse tomber, répond Mouche d'un ton mutin.

– Tu vois, soupire Tila en regardant Gabriel, ce n'est pas parce qu'on parle la même langue qu'on se comprend forcément… Mouche, elle vient de la planète Pinpin. Tu connais ? C'est une planète où les gens disent des choses qui n'ont ni queue ni tête, et quand on leur demande des explications, ils répondent : « Laisse tomber ! » Comme ça, tu n'en sais pas plus avant qu'après…

Cette fois, les trois jeunes gens rient de bon cœur, Gabriel sans vraiment comprendre ce que racontent Tila et Mouche, mais parce qu'il les trouve drôles et qu'il se sent tout léger avec elles. Et Maman Mo, qui est toujours assise devant sa case, rit aussi de les voir rire.

Reprenant soudain un air sérieux, Mouche murmure comme si elle parlait toute seule, les yeux rivés sur une grosse fleur rose qui borde le chemin :

– Peut-être que vous ne posez pas les bonnes questions…

Puis elle relève la tête et dit à Tila :

– Je suis drôlement contente de te voir ! Tu nous as fait peur, tu sais.

Alors que la petite Métisse ouvre la bouche pour parler, l'étrange jeune fille met le doigt devant ses lèvres en lui faisant un clin d'œil malicieux.

– Un autre mystère de la planète Pinpin, lui souffle-t-elle.

Les hommes du *Joyeux César* font la navette entre la plage et le village. Ils arrivent les mains vides, puis repartent avec des régimes de bananes et de plantains, des ananas, des ignames et du manioc, de la viande et du poisson séchés, des poules, et encore bien d'autres victuailles que leur donnent les gens du village depuis qu'ils savent que Tila, Kalidou et Mouche vont partir avec eux. Ils ont tous le sourire, car jamais, de mémoire de pirate, on n'avait vu si phénoménale provision de vivres sur un bateau.

– Et dire qu'ils étaient à deux doigts de partir sans toi!… dit Gabriel à Tila en mettant des goyaves vertes dans un sac en toile de chanvre.

– Ah oui? fait innocemment la jeune fille. Et qu'est-ce qui les a fait changer d'avis?

– Ils ont discuté longtemps parce qu'ils n'étaient pas tous d'accord. Certains disaient que tu étais avant tout un garçon et que c'était tout ce qui comptait. Les autres répondaient que, maintenant, tu étais une fille et que donc tu ne pouvais pas être le capitaine du bateau, que tu allais leur porter malheur. Tout le monde parlait en même temps. C'était une pagaille pas possible. On n'entendait que ces mots : fille, garçon, promesse, Joseph Lataste, trésor. Moi, tu penses bien qu'ils ne m'ont pas demandé mon avis. Et puis, finalement, comme ils n'arrivaient pas à s'entendre, ils ont décidé de voter. C'est la coutume chez les pirates.

– Ah oui ?

– Oui. D'habitude, c'est eux qui choisissent leur capitaine. Il faut dire que, le plus souvent, les pirates prennent un navire et, ensuite, ils votent pour désigner celui qui en prendra le commandement. Mais, d'après ce que j'ai compris, ce n'est pas pareil sur le *Joyeux César* parce que c'était Joseph Lataste qui l'avait acheté avec son propre argent. Alors, en tant que propriétaire, il en était d'office le capitaine. Et comme c'était un bon capitaine, les autres n'ont jamais protesté. Comme ils n'ont pas protesté quand Joseph Lataste a désigné quelqu'un pour lui succéder. C'était dans l'ordre des choses. Ce qui ne l'est pas, c'est que ce quelqu'un soit une fille… même si on dit que ce n'est pas une vraie fille.

– Pierre Jean, qu'est-ce qu'il disait, lui ?

– Il disait qu'ils avaient promis à Joseph Lataste de remettre le bateau à son héritier et qu'ils devaient respecter cette promesse, que s'ils ne le faisaient pas, ça leur porterait encore plus malheur.

– Et alors? Ils ont voté et qu'est-ce que ça a donné?

– Oui, ils ont voté à main levée. Mais c'est ceux qui disaient qu'on devait repartir sans toi qui ont gagné, de seulement une voix. Ils avaient tellement peur de la réaction des Indiens qu'ils n'ont même pas voulu qu'on revienne à terre pour se ravitailler. Ils ont dit qu'on le ferait dans une autre île. Ils voulaient partir au plus vite, comme des voleurs. Alors, on a commencé à hisser une des deux chaloupes pour la remonter à bord. C'est à ce moment-là qu'on l'a vu…

– Qui? fait Tila en retenant son souffle.

– Tout à coup, il y avait un homme à la barre du bateau. Moi, je ne savais pas qui c'était. Mais j'en ai entendu plusieurs autour de moi qui ont murmuré: «Joseph Lataste!» J'ai eu la trouille de ma vie! Les autres n'avaient pas l'air d'en mener large non plus… Pourtant, je te jure, ce ne sont pas des mauviettes!

Tila n'en croit pas ses oreilles. Tout cela devient de plus en plus obscur. Trop pour elle.

– Comment était-il habillé? lance-t-elle à brûle-pourpoint.

– Tu as de ces questions, toi! s'exclame Gabriel en lui jetant un regard étonné. Je te dis que j'ai vu un fantôme et tu me demandes comment il était habillé!... Franchement, je serais incapable de le dire. Il me semble avoir vu quelque chose de rouge, mais je ne sais pas ce que c'était.

La petite Métisse sourit, amusée par la réflexion du garçon et reconnaissant que sa question pouvait sembler, en effet, plutôt incongrue. Cependant, elle demande encore:

– Est-ce qu'il me ressemblait?

Gabriel se gratte la tête d'un air perplexe, s'interrogeant de toute évidence sur la santé mentale de son interlocutrice, mais répond:

– Pas du tout! Il avait des yeux très bleus, des cheveux châtain clair, mais avec des mèches blondes, comme brûlées par le soleil, jusque-là à peu près, précise-t-il en mettant son index tendu entre son épaule et son coude. Je dois dire que ce qui m'a le plus frappé, c'est sa jeunesse et sa beauté. Je ne l'imaginais pas du tout comme ça.

– Il a dit quelque chose? fait Tila, la gorge sèche.

– Ça, oui, saperlipopette, il a dit quelque chose! Et je te jure que, ce coup-ci, personne n'a discuté! Il a dit: «Vous ne pouvez pas faire ça!»

Kalidou sourit en reconnaissant le matelot qui, deux jours plus tôt, se demandait à quoi pouvait bien ressembler un garçon qui s'était transformé en fille.

– Je te présente Gabriel, lui dit sa nièce.

– Bonjour, Gabriel, fait le jeune homme en lui tendant la main avec un grand sourire. Je suis bien content de voir qu'on a déjà au moins un ami sur ce bateau. On ne peut pas en dire autant pour tout le monde, à voir les regards que certains nous lancent.

– Ah! tu as remarqué aussi!... s'exclame Tila en riant.

– Dis donc, il faudrait être aveugle pour ne pas le voir. S'ils avaient des poignards dans les yeux, on serait déjà morts...

Kalidou attire sa nièce un peu à l'écart et lui murmure:

– Il y a quelqu'un qui veut te voir, de l'autre côté de la rivière.

– Qui ça?

– Aya, l'arrière-petite-fille de Chliko-Un. C'est lui qui l'a envoyée.

Tila est ravie, car elle se demandait justement comment entrer en contact avec le vieil inibi avant de partir. En même temps, elle appréhende de traverser la rivière qui est devenue, à ses yeux, la limite du monde protégé, autrement dit sans ti-colos…

— Ne t'inquiète pas, ajoute Kalidou pour dissiper les craintes qu'il lit dans ses yeux, on va y aller en famille, ton petit frère en tête. Aya t'attend au tronc d'arbre cassé avec Totos. Vous pourrez discuter en haut de la rivière, c'est-à-dire à l'abri des regards indiscrets, mais en même temps assez près pour qu'on puisse intervenir s'il y a un problème.

Il jette un coup d'œil autour de lui, puis demande :

— Où est Mouche ?

— Quelle question ! s'écrie Tila d'un ton moqueur. Où est Mouche quand elle n'est pas avec toi ?! Dans son hamac, bien sûr !

— Va la chercher, s'il te plaît, se contente de répondre Kalidou en secouant la tête.

Puis il se tourne vers Gabriel, le regarde de la tête aux pieds avec une moue qui trahit un certain dégoût, et lui lance :

— Toi, tu devrais venir avec nous à la rivière ! Un bain ne te ferait pas de mal… Qu'est-ce que tu en penses ?

Assise sur le tronc d'arbre, Aya tient sur ses genoux un chiot tout blanc qui a l'air minuscule à côté de cette fille étonnamment corpulente pour son âge. Lorsqu'elle aperçoit Tila, son visage s'illumine de bonheur, comme si elle voyait une vieille amie, une sœur.

La petite Métisse sent en elle la même joie, cette joie qu'elle a aussi ressentie hier matin lorsqu'elle a rendu visite à Chliko-Un et à Taïna. De nouveau, cela la surprend. Elle a l'impression de connaître les inibis depuis toujours alors que, même pas deux semaines plus tôt, elle était convaincue qu'ils n'étaient rien d'autre que des personnages de légende. Et des personnages sanguinaires par-dessus le marché! En cet instant précis, elle a le sentiment confus qu'ils font partie d'elle.

Aya se lève d'un bond pour aller à la rencontre de Tila qui se jette littéralement sur elle pour la serrer dans ses bras.

– Attention! Tu vas l'écraser! s'écrie la jeune géante en riant.

Tandis que Tila regarde d'un air attendri le petit chien qu'elle lui tend, Aya lui lance:

– C'est un cadeau pour toi, de la part de vieux papa. Il dit qu'il te portera bonheur.

– Qu'il est mignon ! s'exclame Tila, les avant-bras croisés sur la poitrine.

Émue, elle prend le chiot dans ses mains. Son poil est tout doux. Comme la barbe de Chliko-Un, suppose-t-elle. Pendant quelques secondes, l'animal la fixe avec curiosité de ses bons yeux noirs. Puis il passe sa petite langue rose sur ses doigts pour lui montrer qu'il l'a adoptée.

– Il s'appelle Anatole, déclare Aya. C'est vieux papa qui lui a donné ce nom.

– Anatole ?!... Qu'est-ce que ça veut dire ?

– C'est un prénom français. Vieux papa dit qu'il a un ami français qui s'appelle comme ça.

– Chliko-Un a un ami français ?! demande Tila de cet air dubitatif qui a le don d'exaspérer, justement, ledit Chliko-Un.

– Tu ne crois donc jamais ce qu'on te dit ? réplique Aya en levant les yeux au ciel, mais avec un sourire indulgent, preuve qu'elle a plus de patience, ou de diplomatie, que son arrière-grand-père.

En riant, Tila prend sa nouvelle amie par la main et lui dit :

– Viens, on va aller s'asseoir sur le plateau, en haut de la rivière. Ce n'est pas prudent de rester ici.

Elle imite trois fois le cri du **bilbitin** pour signaler à son oncle qu'elles se mettent en route. Kalidou est resté à l'écart avec Akil, préférant éviter que celui-ci ne voie la géante pour l'instant. Bien entendu, au moindre cri, il n'hésiterait pas une seconde à le faire intervenir, qu'Aya soit là ou non. La sécurité de Tila passe avant tout.

Le derrière posé sur l'avant-bras replié de sa nouvelle maîtresse, et les pattes avant sur son épaule, Anatole lève sa tête vers la sienne lorsqu'il l'entend crier comme un oiseau. Il la regarde d'un air étonné, puis replonge son petit museau dans son cou tout chaud.

– Vieux papa m'a raconté ce qui t'est arrivé hier avec les ti-colos, fait Aya en marchant. Tu as dû avoir drôlement peur !

– Ça oui, j'ai eu peur ! Mais comment Chliko-Un peut-il savoir ce qui s'est passé ici alors que je venais de le quitter là-bas, sur votre montagne ? s'étonne Tila.

La jeune inibi éclate de rire.

– N'oublie pas que c'est son métier, de tout voir et de tout savoir. Je suis bien placée pour te garantir qu'il sait tout. J'ai bien essayé, quand j'étais toute petite, de lui mentir, mais j'ai vite compris que c'était inutile... et pas très bon pour mes fesses.

---

« **Bilbitin** » est un autre nom pour le merle des Antilles.

Tila s'esclaffe à son tour. Mais son rire lui reste coincé dans la gorge lorsque Aya déclare :

– Pour revenir à ce qui s'est passé avec les ti-colos, vieux papa m'a dit de te dire que tu ne dois pas oublier de te servir de ton cerveau…

– Merci pour le conseil ! grogne Tila, vexée. Ma mère m'a donné exactement le même. À croire qu'ils se sont consultés…

– Pas besoin de se consulter, il suffit de regarder, rétorque Aya avec un sourire qui semble à sa compagne un rien moqueur.

Les deux jeunes filles continuent de marcher un petit instant sans rien dire, puis la géante reprend :

– Vieux papa m'a dit aussi de te dire que tu as fait du sacré bon travail avec les hommes du bateau. Il te félicite.

Le cœur de Tila se met à battre plus vite. Cette fois, elle sourit et redresse les épaules, tant elle est fière. Et puis, elle va peut-être enfin savoir ce qui s'est passé exactement sur le rocher du bout de l'île, surtout après le moment où elle a perdu connaissance. Mais ses espoirs sont vite déçus, car lorsqu'elle le lui demande, Aya répond :

– Non, il ne m'a pas raconté. Il a juste dit que ça faisait longtemps qu'il n'avait pas autant ri.

Tila accueille cette réponse avec une grimace d'incompréhension. Elle n'en saura pas plus.

Lorsqu'elles arrivent au petit plateau qui se trouve en haut de la chute, les deux filles s'assoient sur les énormes racines aériennes d'un **fromager**. Une haie de buissons bien fournis empêche les gens qui sont au bord de la rivière de les voir. Entre deux branches, Tila aperçoit son oncle et son petit frère qui viennent juste de revenir et s'apprêtent à plonger dans l'eau fraîche. Elle les envie. Comme eux, elle aimerait prendre un bon bain après cette marche dans la fournaise qu'est la forêt à cette heure de la journée. Gabriel, lui, se baigne déjà en poussant des glapissements de joie.

– Que c'est bon! s'exclame-t-il entre deux ploufs.

– Dis donc, lui crie Kalidou, il ne suffit pas de se tremper dans l'eau pour se laver. Il faut se frotter! Viens ici, je vais te montrer!

On entend l'eau qui clapote sous les pas du jeune Blanc. Quelques secondes plus tard, les cris de plaisir se transforment en cris de douleur.

---

Le **fromager** est un très grand arbre qui pousse dans les régions tropicales. On l'appelle aussi «kapokier».

– Dis donc, il n'y va pas de main morte, ton oncle, fait Aya en sifflant et en secouant la main pour appuyer son propos.

– C'est que ce garçon est très sale, réplique Tila, le nez plissé, afin de défendre Kalidou, même si elle sait que ce n'est pas l'homme le plus délicat de la terre.

Elle se tord le cou pour essayer de voir le plus d'espace possible de l'autre côté des buissons. Puis elle se retourne vers sa compagne et lui dit avec une moue de dépit :

– Je voulais te présenter Mouche, mais elle a encore disparu. Cette fille, c'est un vrai courant d'air ! Tu la vois partir d'un côté, et puis, paf ! elle revient de l'autre sans que tu l'aies vue passer en sens inverse. Va savoir, elle est peut-être perchée sur un arbre, par là, en train de nous regarder…

Puis, par association d'idées, elle ajoute dans le même souffle :

– J'étais déçue de ne pas te voir hier, quand je suis allée chez vous.

– Et moi donc ! Quand vieux papa et vieille maman m'ont dit que tu étais venue, j'étais fâchée qu'ils ne m'aient pas réveillée. Des fois, je passe une grande partie de la nuit à parler avec les étoiles. Alors, le lendemain matin, je me réveille tard.

– Tu parles avec les étoiles ? demande Tila en appuyant sur chaque syllabe et en écarquillant les yeux d'étonnement.

– Bien sûr ! fait simplement Aya avec un haussement d'épaules, comme si cela allait de soi.

– Et… hum… qu'est-ce que vous vous dites ? insiste la Métisse.

La géante prend un air vaguement ennuyé. Son arrière-grand-père a raison : elle a de drôles de questions, parfois, cette chère Tila ! Aya reste silencieuse un instant, puis, sautant volontairement du coq à l'âne, elle déclare :

– Vieux papa dit que tu dois fuir les ticolos au plus vite. Maintenant que le sorcier Tantiné a compris leur faiblesse, tu peux être sûre qu'il va redresser le tir. Bientôt, même Akil ne pourra plus rien contre eux. Kalidou a raison quand il dit que vous devez retrouver Catherine. Elle est la seule qui puisse rendre Crétin aussi inoffensif qu'il l'était au départ.

Tila caresse la tête du petit chien qui soupire de bonheur. Le regard perdu dans le vague, elle finit par répondre, comme si elle réfléchissait à haute voix :

– Je ne peux pas emporter Crétin avec moi. Alors, ça veut dire que je dois ramener Catherine ici avec moi… Mais comment je pourrais ramener ici une fille que je ne connais pas ?

– Tu as en toi des pouvoirs que tu ne soupçonnes même pas. Je t'assure que tu vas trouver un moyen de la ramener.

Tila ne trouve rien à répondre. Malgré les mots de la jeune géante et le petit aperçu qu'elle a eu, en effet, de ces pouvoirs, elle reste sceptique.

En la regardant droit dans les yeux, Aya reprend :

– Tu sais, Tila, je comprends que toute cette histoire te laisse perplexe parce que ça te tombe dessus comme ça, du jour au lendemain. Mais, moi, j'en entends parler depuis que je suis toute petite. J'ai toujours entendu parler de toi, du jour où tu allais te révéler, du jour où tu allais venir pour nous sauver. Et je t'assure que tu peux vraiment nous sauver. Pas seulement nous, les inibis, mais aussi les Kalinagos, ta mère, tes frères, ta sœur, tous les gens que tu aimes. En un mot, Tila, c'est cette île que tu peux sauver, ce monde.

– Mais de quoi ?

– De la destruction.

– Mais pourquoi moi ?

– Parce que tu es la Fille des trois terres.

– Ça m'échappe !

– Je sais, Tila. Mais je te jure qu'un jour tu vas tout comprendre…

– Comment tu le sais?

En souriant, Aya répond d'une voix douce:

– Parce que les étoiles me l'ont dit…

Avant de repartir avec Totos dans la forêt, Aya a ouvert le sac qu'elle portait en bandoulière, en a sorti un petit coffret en bois et l'a tendu à Tila qui se tenait devant elle avec le chiot blanc dans ses bras.

— Vieux papa m'a demandé de te donner ça. Il a dit que tu dois l'ouvrir plus tard, quand tu seras toute seule.

— Il a peur que je pose encore des questions idiotes si je l'ouvre devant toi? a demandé la Métisse avec un sourire mi-figue, mi-raisin.

— Non, a répondu la géante en riant, ce n'est pas pour ça. Tu dois être seule, c'est tout.

Ensuite, elle a serré son amie contre elle, et a dit:

— Reviens vite, Tila. À chaque instant, tu seras dans nos pensées. Et, à chaque instant, nous t'enverrons amour et force.

— Je vais penser à vous aussi.

Tila a baissé la tête et elle a ajouté à voix basse:

– J'espère juste que je ne vous décevrai pas…

– Je suis sûre que non, a répliqué Aya en la serrant encore plus fort.

Elle a appelé Totos qui, aussitôt, a sauté sur ses épaules, et elle a tourné les talons. Après deux pas, elle s'est retournée et a déclaré:

– J'aimerais ça, un jour, partir avec toi sur ton bateau.

– Pourquoi pas? a fait la petite Métisse en souriant. Quand on leur aura fait accepter que leur capitaine est une fille, on leur amènera une géante…

Aya a souri aussi, puis elle s'est remise à marcher. Le chien sur le bras gauche, le coffret de bois dans la main droite, Tila est restée un instant à regarder son imposante silhouette s'enfoncer dans la végétation luxuriante de la forêt. Puis elle est allée rejoindre Kalidou et Akil qui l'attendaient un peu plus loin et, tous les trois, ils ont marché jusqu'au village.

Cachacrou vibre d'une énergie particulière, ce soir. Tous les habitants du village, grands et petits, sont excités comme une nuit de pleine lune ou une veille de départ au combat. C'est normal, après tout, car c'est presque la pleine lune et il y a deux des leurs qui, d'une certaine façon, partent au combat: Tila et Kalidou.

Les pirates sont de la fête. Une appétissante odeur de viande et de poisson grillés flotte dans l'air frais du soir. L'alcool coule à flots. Des cris et des rires fusent de partout en un joyeux brouhaha. Les enfants vont et viennent gaiement entre les cases. Les femmes sont belles dans la lueur des feux. Tout en faisant les paons, les hommes les observent du coin de l'œil, certains pour les admirer, d'autres pour s'assurer qu'elles ne regardent pas avec trop d'insistance un autre qu'eux. Au carbet, on chante et on danse. Les uns, maladroits, tentent de suivre les autres, légers comme l'air.

Pierre Jean, le capitaine temporaire du *Joyeux César*, est assis devant une case, juste à côté du carbet. À voir son air béat, on devine qu'il n'en est pas à son premier gobelet de **ouicou**. Il mate sans vergogne une femme aux formes généreuses qui s'affaire devant le feu. Il bouge la tête de droite à gauche et de bas en haut pour la contempler sous tous ses angles. Visiblement, cette exploration visuelle lui procure un grand plaisir, car il ne cesse de pousser des petits sifflements admiratifs, hochant la tête d'un air connaisseur, les lèvres retroussées en une moue presque douloureuse. La grasse dame, flattée, émoustillée, prend des

---

Le **ouicou** est une sorte de bière de couleur rougeâtre, faite avec des patates douces, des galettes de manioc et de l'eau.

poses lascives en gloussant. Un coup, ce sont de plantureuses fesses qu'elle met sous les yeux exorbités du malheureux ; un coup, des seins renversants.

Passant à côté de Pierre Jean, Mouche s'écrie :

– Et moi qui croyais que tu n'aimais pas les femmes ! C'est fou, les préjugés qu'on peut avoir des fois, pas vrai, Tempo ?

Le visage du capitaine temporaire se crispe. Il renverse la tête en arrière, les yeux révulsés, en mettant la main sur sa gorge comme s'il manquait d'air. La petite Tila, ça peut encore aller. Mais, celle-là, la Mouche, il s'en passerait volontiers ! Il n'a jamais vu femelle plus arrogante et impertinente.

Se ressaisissant, Pierre Jean regarde la nouvelle propriétaire du *Joyeux César*, qui est assise sur une marche, devant le carbet, son petit chien sur les genoux, et lui lance :

– Tu es vraiment sûre que tu veux emmener cette chipie ?

– Encore des préjugés ! s'exclame Tila en feignant l'indignation. C'est parce que tu ne la connais pas ! Tu vas voir, elle est a-do-ra-ble ! Bientôt, tu ne pourras plus t'en passer !

– Ça, ça m'étonnerait beaucoup ! marmonne Pierre Jean en tournant le dos pour ne plus les voir et se replonger dans sa coquine contemplation.

« Quel drôle de type ! » songe Tila. Depuis qu'il est revenu à terre avec ses compagnons, c'est la première fois qu'il lui adresse la parole. Quand il doit lui dire ou lui demander quelque chose, il passe par Kalidou. C'est de cette façon qu'il a été décidé que le *Joyeux César* repartira dès demain avec Tila, son amie et son oncle à son bord. Avant le départ, il y aura une espèce de petite cérémonie au cours de laquelle Pierre Jean remettra officiellement le navire à sa nouvelle propriétaire.

Les hommes du navire voulaient continuer leur route vers le nord, mais Kalidou a été inflexible : non, on ira vers le sud. Direction : Martinique, l'île où, apparemment, habite Catherine.

– Tu sais où est Gabriel ? demande Tila à Mouche qui vient de s'asseoir à côté d'elle. Je ne l'ai pas revu depuis qu'on est partis à la rivière, cet après-midi.

– Ta mère est en train de le remettre en état.

– En état ?… Qu'est-ce que tu…

La jeune fille s'interrompt, incapable de prononcer un mot de plus. Sur ses genoux, Anatole se met à grogner, les poils du dos hérissés, en regardant l'affreux bonhomme qui vient d'apparaître sur le chemin menant au carbet. C'est Popokondoe. Malgré l'obscurité et les traits de **génipa** qu'il a tracés sur son visage, Tila remarque qu'il a un œil au beurre noir. Il semble également avoir un peu de mal à marcher. En passant près d'elle, le grand prêtre la foudroie du regard et, en montrant ses dents pourries, il pousse un petit feulement de bête fauve qui lui donne le frisson.

– Je rêve ou il boite ? fait-elle dans un murmure alors qu'il s'éloigne.

– Il a dû glisser en se mettant à genoux devant son maître Tantiné…, répond sa compagne tout aussi bas, la tête baissée pour cacher son sourire.

– Mouche ! dit Tila en lui faisant de gros yeux. Qu'est-ce que tu lui as fait ? !

– Moi ?… réplique Mouche en prenant un air innocent. Je ne lui ai rien fait !… Mais enfin, Tila, pour qui tu me prends ? !

Tila ne peut s'empêcher de sourire en imaginant Mouche en train de flanquer une raclée à Popokondoe. Elle se rappelle ce que lui a dit Aya à propos de son arrière-grand-père : « Il a dit que ça faisait longtemps qu'il n'avait pas autant ri. »

Mais elle n'a pas le temps de poser davantage de questions, car Jokouani, un garçon

---

Fruit d'un arbre qui porte le même nom, le **génipa** est un cosmétique végétal servant à teindre la peau en noir.

avec lequel elle a grandi et qui, à son grand dam, est devenu son prétendant le plus assidu, vient se planter devant elle et lui déclare sur un ton solennel :

– Je vais attendre, Tila.

Prise au dépourvu, elle lui jette un regard étonné et lui demande :

– De quoi tu parles, Jokouani ? Qu'est-ce que tu vas attendre ?

– Mais toi, ma belle ! clame le garçon en joignant les mains, les lèvres en cœur. Toi !

Tila lève les yeux au ciel et soupire d'un air excédé :

– Ça y est, il recommence ! Ce que tu peux être casse-pieds, Jokouani !

Mouche se bidonne.

– Dis donc, il est drôlement mignon ! lui souffle-t-elle à l'oreille. Je ne sais pas ce qu'il te faut !

– Rien, justement ! riposte Tila avec humeur. Il ne me faut rien du tout ! À part qu'on me laisse tran…

Encore une fois, elle s'interrompt. Elle vient de voir Gabriel. Il se dirige vers le carbet, zigzaguant pour contourner les gens qui se trouvent sur son chemin. S'il n'était pas le seul Blanc de cet âge dans le village, elle ne l'aurait pas reconnu. C'est en effet un autre garçon qui se présente devant elle, et elle comprend à présent ce que Mouche a voulu dire lorsque, un instant plus tôt, elle a affirmé que sa mère était en train de le remettre en état.

Gabriel est beau et propre comme un sou neuf. Aïsha lui a donné une chemise noire, ainsi qu'un pantalon en toile de la même couleur qu'elle a retroussé en bas parce qu'il est un peu trop grand pour lui. Elle a démêlé et légèrement huilé ses cheveux bruns qui tombent maintenant en boucles souples sur ses épaules musclées. Sa peau mate semble toute soyeuse. Ses yeux noirs brillent dans la faible clarté des feux.

– Alors, qu'est-ce que tu en dis ? lui demande-t-il en faisant un tour sur lui-même, mouvement accompagné d'un sourire irrésistible qui révèle des dents bien blanches, parfaitement alignées.

Tila déglutit, les yeux ronds d'étonnement. Si elle est tellement surprise, ce n'est pas seulement parce qu'elle voit Gabriel ainsi métamorphosé ; c'est aussi parce qu'elle a senti, au creux de son ventre, quelque chose qu'elle ne connaissait pas. Cela ressemblait à une petite vague, chaude comme le souffle de l'alizé, douce comme un battement d'ailes de papillon.

– Magnifique ! murmure-t-elle d'une voix vaguement tordue par l'émotion.

Faisant de gros efforts pour se ressaisir et cacher son trouble, Tila ajoute d'un air un peu niais :

– Eh bien, dis donc, pour un changement, c'est un changement !

– Hum ! profond ! lui chuchote Mouche sur un ton moqueur.

Bien entendu, la réaction de Tila n'a pas échappé à cette fille qui, en tout temps, accorde à ce qui se passe autour d'elle une totale attention.

– Qu'est-ce que tu disais avant que Gabriel arrive ? lui lance-t-elle, maintenant tout haut, avec un sourire dont seule son amie peut voir toute l'espièglerie. Tu veux qu'on te laisse « tran » quoi ?

– Laisse tomber ! répond Tila entre ses dents.

Alors, les deux filles éclatent de rire et, encore une fois, Gabriel en fait autant sans trop comprendre de quoi elles parlent, simplement parce que leur gaieté est contagieuse et qu'il se sent bien avec elles. Tila, elle, ne peut plus arrêter de rire. On dirait que ce rire la soulage, fait sortir comme une soupape la vague de chaleur qui l'a envahie.

C'est Gabriel lui-même qui la ramène brutalement à la réalité lorsqu'il s'approche de ces deux filles qui assurent être en vérité des garçons, et qu'il leur demande sur un ton complice :

– Eh, les amis, vous n'auriez pas une jolie fille à me présenter ?

– Aïe aïe ! dit Mouche tout bas.

Gabriel a posé la question pour la forme, car, en réalité, il a déjà repéré une fille qui, depuis qu'il est apparu dans le décor, ne cesse de se trémousser non loin de lui, derrière Tila et Mouche. Alors qu'il lui adresse un sourire enjôleur, ces dernières se retournent pour voir sur qui il a jeté son dévolu. C'est Margrite…

– Aïe aïe ! répète Mouche.

Mais Tila, qui rebondit vite, lui lance sur un ton qu'elle s'efforce de rendre aussi léger que possible :

– Quand je te disais que ces choses ne sont pas faites pour moi…

– Tu as dit ça ? fait Mouche, les sourcils froncés par l'étonnement.

– Non, mais j'allais le dire !

Tila a quitté le carbet, laissant Gabriel flirter avec Margrite, et Mouche danser sur un rythme endiablé avec Kalidou sous le regard médusé des quelques pirates que l'alcool n'a pas encore mis à l'horizontale. Pierre Jean a disparu ; la grosse dame, veuve depuis peu, aussi. Partout, autour du carbet, il y a des petits groupes. Dans l'un d'eux, uniquement composé d'hommes, Tila voit Papa Pi, son grand-père adoptif, Cimanari, son beau-père, et Tiuré, le plus grand de ses petits frères – demi-frères en fait, car ils ont la même mère, mais pas le même père. Un peu plus loin, il y a un autre groupe, celui-là ne comprenant que des femmes, à part les tout-petits, comme Akil qui est là avec Kicha et Aïsha.

– Ça va, Tila ? lance cette dernière lorsqu'elle voit sa fille sur le chemin.

– Oui, maman, ça va. Je suis fatiguée. Je vais me coucher.

– Je crois que Maman Mo est déjà rentrée. Je vais bientôt venir aussi.

Tila est ravie de savoir qu'elle va pouvoir se retrouver seule dans la case que Kalidou leur a prêtée, à Mouche et à elle – lui dort, pour l'instant, dans celle de Papa Pi et de Maman Mo. Ici, il y a deux mondes, celui des hommes et celui des femmes et des enfants. À l'intérieur de chacun d'eux, on n'a rien à cacher. Par conséquent, « intimité » est un mot qu'on ne connaît pas.

Mais, ce soir, ce n'est pas pareil. Tila veut ouvrir le coffret de bois que lui a donné Aya de la part de son « vieux papa », comme elle dit. Aussi entre-t-elle sans faire de bruit dans sa case, ne voulant pas attirer l'attention de Maman Mo qui se trouve dans la sienne, juste à côté. Puis elle pousse délicatement les vêtements sous lesquels elle a caché la petite boîte, à l'intérieur d'une malle de bois que son père a offerte à sa mère treize ans plus tôt, pleine de tissus de toutes les couleurs.

Tila prend le coffret dans ses mains et s'assoit en tailleur sur une natte posée à même la terre battue. Elle caresse un instant le bois rouge grossièrement taillé, l'approche de son nez pour en sentir l'essence, si forte qu'elle devine que la boîte a été fabriquée récemment.

Enfin, tout doucement, la jeune fille soulève le couvercle. Elle a à peine le temps d'entrevoir ce qu'il cache qu'elle le referme violemment. Des gouttes de sueur coulent sur son front. Ses doigts tremblent. Son cœur bat à toute vitesse. Non, ce n'est pas possible. Elle est en plein délire. Ou alors elle rêve et va se réveiller d'un instant à l'autre.

Tila ferme les yeux, prend une grande respiration. Cette fois, elle ouvre le couvercle d'un coup sec, en même temps que ses paupières. Non, elle n'a pas eu une hallucination. C'est bien une bague qu'il y a à l'intérieur du coffret de bois, une grosse bague en or toute plate sur laquelle sont gravés un serpent et trois petits cercles concaves. Sans hésiter, la jeune fille la passe au majeur de sa main gauche, là où elle était dans son rêve. Elle n'est pas du tout surprise de constater que le bijou a exactement la bonne taille.

Un morceau de papier est coincé à l'intérieur du couvercle de la boîte. Ces mots y sont inscrits :

*Quand les trois tu posséderas, de tous tes souverains pouvoirs tu jouiras.*

« Qu'est-ce que ça peut bien vouloir dire ? se demande Tila. Les trois quoi ? »

Alors qu'elle s'apprête à plier le papier en deux pour le ranger en lieu sûr, elle remarque qu'il y a un autre message au verso, certainement écrit par une autre personne, car ce n'est pas la même écriture :

*Le bateau sur lequel se trouvait Catherine s'appelait « la Gorgieuse ».*

*Il se rendait à Saint-Pierre, dans le nord-ouest de la Martinique.*

*Bon vent, Fille des trois terres !*

Le sourire timide de Tiuré, la moue tristounette et butée d'Akil qui voudrait que sa grande sœur l'emmène avec elle, les gazouillis de Kicha qui passe ses tout petits bras autour de son cou, les recommandations sans fin de Papa Pi et de Cimanari, les judicieux conseils de Maman Mo et, bien sûr, les mots d'amour et d'encouragement d'Aïsha qui, encore et encore, la serre contre elle… de tout cela Tila s'imprègne. Il y a les autres aussi, tous les gens du village qui se sont rassemblés sur la plage, au lever du jour, pour leur dire au revoir, à Kalidou et à elle, et les regarder partir.

Le ciel est gris. Il a beaucoup plu cette nuit. Le sable est encore tout mouillé.

– **Waitukubuli** pleure de vous voir partir, a dit Maman Mo en sortant de sa case, tout à l'heure.

---

Le mot «*waitukubuli*» signifie «son corps est grand». C'est ainsi que les Kalinagos nomment la Dominique.

Tila a le cœur gros. Elle sait que c'est une nouvelle vie qui commence, que rien ne sera plus jamais pareil.

– Viens, petite femme, lui dit gentiment Kalidou qui se tient près d'un canot avec Mouche. Il faut y aller maintenant.

Voyant que Pierre Jean s'apprête à monter dans la même embarcation, Cacatoa, l'**ouboutou**, s'adresse à lui en langue kalinago, avec des grimaces et des petits cris attestant qu'il ne plaisante pas. Il termine sa déclaration par un geste fort explicite qui consiste à passer son index sur son cou, tout en écartant ses lèvres pour montrer ses dents. Le capitaine temporaire se gratte la tête, perplexe, puis il se tourne vers Kalidou et lui demande d'un air un peu craintif, comme s'il n'était pas sûr de vouloir entendre la réponse :

– Qu'est-ce qu'il a dit?

– Il a dit : « Tu as désormais la responsabilité de nos enfants, Tila et Kalidou, ainsi que de Mouche qui, étant leur amie, est aussi notre amie. Si jamais il leur arrive quelque chose, considère que tu n'as plus, sur la terre caraïbe, que des ennemis qui n'hésiteront pas à te trancher la gorge. »

---

L'**ouboutou** est le chef du village.

— Charmant! grogne Pierre Jean. Qu'est-ce que je peux y faire, moi, s'il vous arrive quelque chose?! Je ne suis pas votre nourrice!

— Tu n'as plus qu'à apprendre le kalinago pour le lui expliquer!

— Oh, je vois! fait le capitaine temporaire, vexé. Tu m'as traduit ce qu'il a dit, mais tu ne veux pas lui traduire ce que j'ai répondu…

— Il ne demande pas ce que tu as dit, lui…, rétorque tranquillement Kalidou.

Pierre Jean secoue la tête en tordant la bouche. Il y a des jours, comme ça, où il se demande pourquoi il n'est pas resté garder les vaches dans son patelin de Bretagne.

— Allez, on y va! lance Tila d'un ton tranchant pour mettre un terme à la discussion.

Elle embrasse sa mère une dernière fois, puis, son petit chien dans les bras, elle marche d'un pas digne vers la chaloupe dans laquelle elle monte avec Kalidou et Mouche. Deux jeunes hommes portent dans l'embarcation la malle de bois où les trois nouveaux venus ont mis leurs affaires. Ensuite, ils poussent le bateau et sautent dedans tandis que leurs compagnons se mettent à ramer. Le canot monte une petite vague, pique du nez de l'autre côté, puis se stabilise.

Ça y est, ils sont partis!

Tila regarde un instant sa famille et tous ses amis qui restent là, sur la plage. Elle lève la tête vers la petite montagne qui domine Cachacrou, sachant au plus profond d'elle-même que, quelque part, Chliko-Un, Taïna et Aya la regardent aussi partir. Un sourire étire ses lèvres alors qu'un rayon de soleil se faufile entre deux nuages pour poser sur son visage une chaude et lumineuse caresse.

La jeune fille agite la main pour saluer les siens une dernière fois, puis elle tourne résolument la tête vers le *Joyeux César* qui est maintenant tout près. Soudain, son cœur se gonfle de joie et de fierté. Elle vient tout juste de vraiment réaliser que ce majestueux trois-mâts lui appartient.

Bientôt, un homme se lève pour attraper l'échelle de corde qui pend sur le flanc du navire et y amarrer le canot. L'autre embarcation, dans laquelle se trouve Gabriel, vient se ranger à côté de la première. La bienséance, affirme Pierre Jean, veut que le nouveau capitaine soit le premier à monter sur le bateau, suivi par ses invités, puis par les pirates et les membres de l'équipage. Parmi ces derniers, personne ne proteste, même si tous savent pertinemment que le capitaine temporaire invente ses propres règles de courtoisie selon les circonstances, mais surtout selon son humeur.

C'est donc Grain de café, ainsi que les pirates ont déjà surnommé Tila, qui a l'honneur de grimper l'échelle de corde la première. Une fois que tout le monde est à bord, Pierre Jean la prend par le bras et l'amène sur le **gaillard** d'avant. Un silence de mort règne sur le *Joyeux César*. Les hommes du bateau, qui sont une bonne vingtaine, se tiennent debout sur le pont central, leurs regards convergeant vers le nouveau capitaine. Jusque-là, beaucoup n'avaient pas osé l'observer autrement qu'à la dérobée. Maintenant, c'est différent. Il est là, devant eux, et ils n'ont rien d'autre à faire, pour l'instant, que de le scruter de la tête aux pieds.

Quelques-uns, rares, le font avec un sourire bienveillant ; d'autres, la majorité, d'un air plutôt indifférent ; le reste avec une franche hostilité. Tila frissonne : certains de ces pirates ont un aspect vraiment terrifiant.

Mal à l'aise, Pierre Jean n'en finit plus de se racler la gorge pour s'éclaircir la voix. Enfin, il déclare sur un ton risiblement solennel :

– Nous voilà tous réunis ici avec dans nos cœurs le sentiment du devoir accompli, car nous avons devant nous la personne que nous devions trouver pour respecter la promesse

---

Le **gaillard** est la partie extrême du pont supérieur.

que nous avions tous faite à notre bien-aimé capitaine, feu Joseph Lataste.

Le capitaine temporaire jette un regard craintif autour de lui, comme s'il avait peur de voir apparaître le fantôme dudit Joseph Lataste. Puis, avec un sourire forcé, il ajoute :

– Je suis sûr qu'il est fier de nous… maintenant. Je suis sûr aussi qu'il partage notre affliction face au malheur qui frappe son jeune héritier, puisque, comme vous le savez tous, notre nouveau capitaine est victime d'une terrible malédiction. Un méchant sorcier lui a jeté un sort qui l'a transformé en… en… a… a… atchoum ! pardon !… en fille.

– Oui, lance Tila sans préambule, si vous m'aidez à trouver la potion qui me rendra mon vrai corps, vous serez des hommes riches, car cette potion se trouve dans un coffre qui contient un fabuleux trésor constitué d'or et de pierres précieuses. Et, moi, je serai l'être le plus heureux de la terre…

Le jeune capitaine a baissé la tête pour dire ces derniers mots. Lorsqu'il la relève, tous ses traits sont empreints de douleur. La main droite posée sur son cœur, la mâchoire crispée, il pousse un soupir vibrant de frustration et de rage.

– Je sais que vous pouvez imaginer le calvaire que je vis, reprend-il sur un ton à la fois digne et émouvant. Mais aucun de vous ne peut savoir à quel point je souffre. Quand, le matin, je me réveille dans ce corps, j'ai envie de crier. J'ai mal, vous comprenez ? C'est l'HOR-REUR !

Mouche et Kalidou sont estomaqués : on dirait que Tila a répété cette scène pendant des heures ! Même Pierre Jean a l'air d'y croire.

– Je suis prisonnier d'un corps qui n'est pas le mien ! déclare gravement le nouveau capitaine du *Joyeux César*, semblant tirer encouragement des regards pleins de compassion qui sont posés sur lui. Je suis un guerrier, vous savez ! Quand je regarde le sang couler, ce n'est pas le mien, c'est celui des autres !

Tila s'amuse follement ! C'est comme si elle était dans un laboratoire où elle étudiait le comportement d'autres êtres vivants. Elle observe les visages des hommes qui lui font face. Depuis qu'elle a commencé à parler, leur expression a changé. On dirait, en fait, que les choses se sont inversées : ceux qui, un instant plus tôt, avaient l'air hostile la regardent maintenant avec une certaine sympathie, alors que les bonnes têtes se sont figées, puis durcies. « Les hommes sont-ils donc si faciles à manipuler ? » se demande-t-elle.

La jeune fille aura bien le loisir de le vérifier. En attendant, elle redresse fièrement les épaules, prend une grande respiration qui bombe sa poitrine et dit sur un ton posé, tout en tournant autour de son majeur gauche son énorme bague en or :

– Mon copain Mouche vit la même chose que moi. Pour l'instant, nous sommes des femmes et je vous prie de nous traiter comme telles, c'est-à-dire avec tout le respect qui nous est dû, celui que tous les hommes doivent avoir pour les créatures semblables à celles qui leur ont donné la vie et qui donnent vie à leurs enfants. Je connais très peu votre culture, et je compte sur vous pour me l'apprendre, mais sachez que, dans la mienne, on ne rigole pas avec le respect.

Le regard dur, le menton volontaire, elle ajoute avec l'autorité d'un malabar de cent kilos :

– Ceux qui ne respecteront pas cette règle le regretteront amèrement. Je ne tolérerai sur ce bateau aucun manque de respect envers qui que ce soit. Tenez-vous-le pour dit ! Maintenant, à vos postes ! Nous devons partir. De toute façon, nous aurons tout notre temps pour faire davantage connaissance.

Interdits, les pirates se regardent les uns les autres. Mouche et Kalidou en font autant, avec une moue mi-amusée, mi-étonnée, ne trouvant rien d'autre à dire que : « Ben, dis donc ! » Une fois revenue de sa surprise, Mouche demande tout bas à son ami :

– Tu as déjà vu, toi, cette bague que Tila a au doigt ?

– Jamais ! répond Kalidou en haussant les épaules d'un air impuissant.

– Elle est pleine de ressources, cette petite ! murmure Mouche comme pour elle-même.

Tila lève la tête, observe le ciel qui se dégage, regarde la direction du vent et évalue sa force. Puis, comme si elle avait fait ça toute sa vie, elle déclare :

– Nous mettrons le cap sur la Martinique. Nous jetterons l'ancre dans la baie de Saint-Pierre. Comme nous aurons le vent de face, nous devrons faire de nombreux bords. Alors, ça prendra plus de temps, d'autant plus que nous naviguerons à contre-courant et que la mer est un peu agitée, aujourd'hui.

Puis elle se tourne vers Pierre Jean et lui ordonne :

– Prépare le bateau pour le départ. Mais, avant, montre-moi l'endroit où je vais dormir.

– Ça s'appelle une cabine, réplique le capitaine temporaire en levant les yeux au ciel.

– C'est ça ! s'exclame Tila sur un ton impatient. Eh bien, montre-moi la capine où je vais dormir.

Sans même un regard pour Kalidou et Mouche, qu'elle semble avoir complètement oubliés, elle suit Pierre Jean vers l'arrière du *Joyeux César*, puis dans un petit escalier qui descend dans le ventre du navire. En bas des marches, il y a deux portes de bois. L'homme pointe le doigt vers la plus grande et dit :

– Voilà la cabine du capitaine. À ma connaissance, personne, à part bien sûr Joseph Lataste quand il était là et maintenant toi, n'a jamais été autorisé à y entrer. Cette petite porte, là, sur le côté, mène aux trois cabines réservées aux invités. Il y a deux hommes qui y vivent en permanence : Henri, le cuisinier, et Antonin, qui est… Pas facile à dire, ce qu'il est, en fait, celui-là ! Des fois il est docteur, des fois, tailleur et voilier, des fois il aide à la cuisine. Il est partout et nulle part à la fois. On dirait qu'il sait tout faire… tant qu'il ne faut pas trop forcer sur ses muscles ou se salir, si tu vois ce que je veux dire. Il est du genre délicat. Joseph Lataste l'aimait bien. C'était un peu son secrétaire aussi. Enfin, bref, ce que je voulais dire, c'est qu'Henri et Antonin ont décidé de dormir dans la même cabine pour laisser les deux autres à tes invités.

– Ça veut dire que j'ai une capine pour moi seule ? demande Tila, les yeux ronds de stupéfaction, elle qui a toujours dû partager la pièce où elle dormait avec d'autres personnes.

– Ben, ouais ! fait Pierre Jean qui ne voit là rien de très étonnant. Allez, j'y vais. Je te laisse découvrir ta *capine*.

Alors qu'il remonte les marches qui craquent sous son poids, Tila pousse doucement la porte de bois qui s'ouvre dans un long grincement. Le cœur battant autant d'excitation que de peur, elle se glisse à l'intérieur de la cabine et referme la porte derrière elle. Elle se frotte les yeux car, soudain, elle n'y voit plus rien, tant l'endroit est sombre pour des pupilles habituées à l'éclatante lumière du dehors. Au bout de quelques secondes, la jeune fille distingue une grande pièce et, sur le mur du fond, plusieurs fenêtres fermées par de lourdes tentures.

À pas prudents, elle s'approche des ouvertures et tire sur un rideau en épais tissu d'un blanc immaculé, avec des soleils brodés en fil doré. Tila reste bouche bée. La pièce qui vient d'apparaître devant ses yeux ébahis est une pure merveille. Les murs sont faits de bois d'acajou. Il y a des statues, des candélabres, des coffres de bambou, des paravents, des meubles de bois, des fauteuils avec des coussins de soie, une imposante bibliothèque, des peintures à l'huile et des aquarelles sur les murs. Chaque objet est une véritable œuvre d'art.

Sur le tableau de maître que constitue cette pièce, les couleurs sont subtilement agencées, couleurs chaudes, couleurs de vie, couleurs de terre, de ciel et de mer. Au milieu trône un immense lit à baldaquin, avec un couvre-lit et un tas de coussins assortis aux rideaux.

On dirait que le temps s'est arrêté. Tila fait lentement le tour de l'immense cabine qui est à présent la sienne. Pour elle, ce n'est pas une pièce, c'est un monde. Elle touche et sent les différentes essences de bois, palpe les tissus, passe le bout de ses doigts sur des matériaux qu'elle ne connaît pas. Même dans ses rêves, elle n'aurait pu voir de si belles choses, car elle ne savait pas que cela existait. Bien sûr, les Kalinagos peuvent fabriquer de jolis objets et elle a appris elle-même à en faire. Mais il y a ici un raffinement qu'elle n'avait jamais vu.

« Est-ce que les gens qui ont fait ces objets ont une famille, des amis ? finit-elle par se demander. Est-ce qu'ils n'ont pas besoin de pêcher ou de chasser, de cultiver leur terre pour se nourrir ? Il me semble qu'il faut ne rien avoir à faire d'autre de ses journées pour passer autant de temps à fabriquer un seul objet… »

Tila s'arrête soudain, littéralement fou-droyée par ce qu'elle vient de voir. À la fois intriguée et effrayée, elle avance lentement ses mains vers... elle-même, car ce n'est rien d'autre que sa propre image qu'elle a devant elle, dans un grand miroir où elle se voit de la tête aux pieds. Elle connaissait déjà son visage pour avoir vu son reflet sur la surface d'une flaque ou d'un cours d'eau. Mais c'est la première fois qu'il lui apparaît avec une telle précision. C'est la première fois aussi qu'elle constate à quel point elle ressemble à sa mère, bien que de nombreuses personnes le lui aient déjà dit. Elle recule, tourne sur elle-même, se trouve belle.

Étourdie par toutes ces découvertes, Tila se laisse tomber sur le confortable matelas, s'y étale voluptueusement de tout son long, passe une main entre les coussins. C'est là que ses doigts rencontrent un morceau de papier qu'ils ramènent aussitôt devant ses yeux.

*Bienvenue, chère Tila, dans ton nouveau domaine.*

*J'ai refait, spécialement pour toi, la décoration de cette cabine.*

*Elle est le cœur du « Joyeux César ».*

*J'espère qu'elle te plaira et que tu lui plairas !*

*Dans le tiroir de la table de nuit, il y a une boîte qui contient suffisamment d'argent pour acheter ce dont tu as besoin.*

*Fais-toi plaisir, tu en trouveras d'autre en temps voulu.*

La petite Métisse n'en revient pas ! Comment un homme qui ne la connaissait même pas a-t-il pu avoir autant d'attentions pour elle ? Il y a quelque chose, dans cette histoire, qui lui échappe. Mais elle n'a pas le temps de se poser davantage de questions, car, à cet instant précis, elle entend Mouche qui, derrière la porte de bois, crie :

— Tila !

— Oui ! répond-elle. J'arrive !

À regret, la jeune fille se lève pour aller ouvrir. Alors qu'elle tend la main vers la poignée, elle remarque un papier accroché à la porte.

*Conseil : Cette porte grince, mais il ne faut rien faire pour l'en empêcher. Comme ça, quand quelqu'un entre dans ta cabine, tu le sais tout de suite !*

Ces mots font sourire Tila, en plus de lui apprendre quelque chose. « Tiens ! c'est *cabine* qu'on dit ! » songe-t-elle en ouvrant la porte.

– Ah ! Mouche ! fait-elle en voyant son amie. Regarde un peu ça !

– Waouh ! s'exclame Mouche. *The* palace ! Dis donc, il se la jouait classe, le tonton Joseph !

Tila la regarde avec une grimace d'incompréhension, mais renonce à lui demander ce que ces mots signifient. Elle sait déjà ce que répondrait Mouche…

– Excuse-moi de te déranger, reprend cette dernière, mais c'est que le bateau va partir et qu'on pense, Kalidou et moi, que c'est important que tu sois sur le pont juste maintenant.

– Vous avez raison ! Allons-y vite ! J'ai été tellement impressionnée par ce que j'ai vu en entrant ici que, pendant un instant, j'ai oublié tout le reste…

– Il y a de quoi !

Alors qu'elles montent les marches qui mènent au pont, Mouche demande :

– Comment tu sais qu'on doit aller à Saint-Pierre?

– Qu'est-ce que tu crois?! s'écrie Tila d'un air volontairement hautain. Pendant que tu dors et que tu t'amuses, je travaille, moi! Figure-toi que je sais même que le bateau sur lequel Catherine était avec ses parents et son petit frère s'appelait la *Gorgieuse*… Après son escale à Cachacrou, il a débarqué ses passagers à Saint-Pierre.

En voyant la mine abasourdie de Mouche, elle tourne la tête et se mord les lèvres pour ne pas rire. Elle ne va certainement pas lui avouer que ces renseignements lui sont tombés tout cuits dans le bec! Elle ne lui dira pas non plus que Papa Pi et Cimanari, qui sont déjà allés à Saint-Pierre avec d'autres hommes du village, lui ont dessiné une carte sur le sol, hier soir, pour lui montrer où ça se trouve, et lui ont expliqué comment s'y rendre en bateau.

Tila pousse un cri de joie en frappant dans ses mains lorsque les voiles carrées se gonflent doucement pour pousser le *Joyeux César* qui, ayant déjà le nez dans la bonne direction, part aussitôt vers le large. Pas pour longtemps, car les hommes sont déjà prêts à la manœuvre pour changer de cap aussitôt que le navire sera sorti de la baie, délimitée par la presqu'île. Aïsha est là, assise sur le rocher avec ses deux petits derniers.

– Maman! Akil! Kicha! crie Tila en sautant sur place quand elle les voit là.

Elle sent des larmes lui monter aux yeux. Ils lui manquent déjà! C'est la joie cependant qui, vite, reprend le dessus. Elle est sur l'eau, sur *son* bateau! Elle en rêvait depuis toujours, mais jamais elle n'aurait pu imaginer qu'elle s'y retrouverait un jour dans de telles conditions.

Kalidou a lui aussi les larmes aux yeux, mais pas pour la même raison. Il se rappelle ce jour, seize ans plus tôt, où il a fait le trajet en sens inverse dans une vieille chaloupe avec Aïsha, sa sœur jumelle. Ils avaient à peine quelques mois de plus que Tila aujourd'hui. Le soleil ne brillait pas comme en ce moment. C'était la nuit. Il pleuvait. Ils claquaient des dents et tremblaient de tous leurs membres, autant de froid que de peur. Le vent s'était levé, la tempête avec.

Les yeux pleins d'eau mais la rage au ventre, Kalidou continuait de ramer, tout petit devant ces effrayants murs d'eau qui entouraient la frêle embarcation, la bringuebalant dans tous les sens comme un vulgaire bouchon. Lorsqu'une vague faisait tomber sur eux son assassine lame, il fermait les yeux, chaque fois étonné, quand il les rouvrait, de voir qu'ils étaient encore là, dans cette vieille chaloupe qui n'avait pas éclaté sous le choc… Pas encore.

Agrippée au banc, le visage livide et ruisselant, Aïsha le fixait de ses yeux terrifiés. Pendant un bon moment, elle avait ramé avec lui, mais elle avait épuisé le peu de forces qui restaient dans son corps anémié, sous-alimenté, maltraité, déjà fatigué par la longue course qu'ils avaient faite pour arriver à la plage où Kalidou avait volé l'embarcation. Et puis, une vague encore plus forte que les autres s'est fracassée sur eux. La tête d'Aïsha a violemment heurté le côté de la chaloupe. Kalidou pleurait. Sa sœur ne bougeait plus. Il ne savait si elle était morte ou seulement inconsciente. Si elle mourait, il ne se le pardonnerait jamais.

– Eh! Kalidou! Tu m'entends?

Le jeune homme sursaute, comme s'il revenait de très loin. Devant lui se tient Tila, qui l'observe d'un air inquiet. Voyant ses yeux embués de tristesse, elle comprend à quoi il pensait.

– Excuse-moi, lui dit-elle.

Mais, tout à coup, le visage de Kalidou s'illumine.

– C'était un miracle, Tila, déclare-t-il, la voix étranglée par l'émotion, l'air hagard comme s'il était en état de choc.

– Un miracle? répète sa nièce qui ne comprend pas de quoi il parle.

– Les Chliko ont raison: ce n'est pas un hasard si nous sommes arrivés à Cachacrou, ta mère et moi.

– Qu'est-ce qui te fait dire ça? demande Tila en fronçant les sourcils, intriguée.

– Je n'avais jamais fait attention à ça jusqu'à présent. Ça vient de me frapper…

– Mais quoi? s'impatiente la jeune fille.

– Regarde, Tila, notre chaloupe a échoué là-bas, sur la plage qui est à l'intérieur de la baie. Nous étions tous les deux inconscients. Aïsha s'était cogné le front contre le bois du bateau. Moi, je ne sais pas comment j'ai perdu connaissance. Sûrement que j'étais à bout de forces. Mais je sais que j'étais inconscient parce que je n'ai pas le moindre souvenir du moment où nous sommes arrivés sur cette plage. Quand je me suis réveillé, le lendemain, je ne savais pas du tout où j'étais. J'ai même cru, pendant un instant, que nous étions passés dans l'autre monde. Donc, ce n'est pas nous qui avons amené la chaloupe là. Et je comprends maintenant que ça ne peut pas être le courant non plus, à cause de la presqu'île.

Tila le regarde avec des yeux ronds. En effet, c'est plutôt étrange!

– Alors, qui c'est qui vous a amenés là?

Kalidou ne répond pas. Il se contente de lever les yeux vers le ciel, un tout petit sourire au coin des lèvres.

Tila sent soudain une tension sur sa jambe droite. Elle baisse la tête et voit Anatole qui a pris le bas de son pantalon entre ses dents et qui le tire vers lui de toutes ses forces en secouant sa petite tête blanche. À ce moment précis, un colosse qui a vraiment une sale tête, avec une énorme moustache et une grande balafre sur le front, crie furieusement:

– Saloperie de clébard ! Il a **cagué** sur le pont !

Aussitôt, Gabriel se précipite vers lui et lui dit :

– C'est rien, Riton ! Je vais nettoyer.

En se mordant les lèvres, Tila lui adresse un sourire reconnaissant. Soudain, elle se sent un peu coupable, car, depuis ce matin, elle a tout fait pour l'éviter. Elle n'a même pas salué Margrite avant de partir, faisant semblant de ne pas la voir quand elle s'est approchée d'elle pour lui dire au revoir. « C'est stupide, songe-t-elle. Je n'ai pas à leur en vouloir. » Ce n'est tout de même pas leur faute si elle a mal choisi le moment pour avoir son premier frisson amoureux… Aussi, elle s'approche du garçon et lui lance :

– Merci, Gabriel ! Hou là là ! il n'a pas l'air commode, ce type…

– Tu n'as encore rien vu, capitaine ! rétorque le garçon avec un grand sourire. Les gens qui ont l'air commode, ici, il n'y en a pas des masses ! Ce sont des vraies brutes, en général.

– Il faut que j'apprenne à cette petite bête à faire ses besoins dans un endroit où personne ne va. Sinon je vais avoir des ennuis avec…

---

« **Caguer** » est un mot vulgaire qui vient de l'occitan « *cagar* » et qui signifie « déféquer ». Il est utilisé dans le sud de la France.

– De toute manière, l'interrompt Gabriel en riant, quoi que tu fasses, des ennuis, avec ces gens, tu vas en avoir…

– C'est gentil de m'encourager…

– Je ne voudrais pas que tu te fasses des illusions, c'est tout !

Ils rigolent tous les deux. Puis le garçon redevient sérieux et murmure :

– J'ai quelque chose à te dire, capitaine, mais personne ne doit entendre. Quand j'aurai fini de nettoyer le pont, demande-moi de te faire visiter l'intérieur du bateau. Comme ça, nous pourrons parler. D'accord ?

– D'accord, fait Tila en le regardant d'un air surpris.

– Oh ! et pour Anatole, ne t'en fais, je vais lui apprendre les bonnes manières. Je n'en ai pas beaucoup, mais assez quand même pour impressionner un petit chien !

Tila rit encore.

« Chemin ! Au secours ! s'exclame-t-elle dans son for intérieur alors que Gabriel lui fait le sourire le plus craquant qu'elle ait jamais vu. Pourquoi est-ce qu'il n'est pas resté caché derrière sa crasse, celui-là ?… »

– Capitaine ! dit une grosse voix derrière elle, l'arrachant à ses pensées et lui rappelant que ce n'est pas le moment de faiblir, qu'elle doit garder une attitude

« mâle » pour faire face aux durs à cuire qui l'entourent.

Cependant, le bel homme que la jeune fille trouve devant elle lorsqu'elle se retourne n'a absolument rien d'un dur à cuire. Mince et assez grand, le cheveu grisonnant, il porte une redingote noire impeccablement taillée qui ne sied ni au lieu ni au climat. Il s'incline avec élégance devant elle et lui tend une main aux ongles bien soignés.

– Bienvenue sur ton bateau, capitaine Tila ! lui lance-t-il d'un ton jovial. Je suis heureux de te voir sur le *Joyeux César* ainsi qu'il a été voulu.

– Bonjour, répond simplement Tila en souriant, surprise par cette formulation, ce « ainsi qu'il a été voulu ».

– Mon nom est Antonin Armagnac, « A. A. » pour les intimes. C'est parce que je ris beaucoup, tu comprends ? Ah ! ah ! ah !

Sans vraiment comprendre la blague qui, de toute façon, n'est pas très drôle, Tila ne peut s'empêcher de rire, car cet homme a un rire communicatif. Par contre, Mouche, qui a tout entendu, s'esclaffe si fort que toutes les têtes se tournent dans sa direction. Ravi d'avoir un si bon public, Antonin s'exclame en tapant dans ses mains :

– Vous êtes trop mignonnes, les filles ! J'espère qu'on ne trouvera jamais cette potion et que vous resterez comme ça !

Sur ces mots, il leur fait un clin d'œil qui les laisse plus que perplexes. On dirait qu'il *sait*… Puis il reprend :

– Je suis tailleur…

– Je sais, l'interrompt Tila. Tu es aussi voilier, docteur, secrétaire, aide-cuisinier… Pierre Jean m'a déjà dit tout ça.

– Mignonne, mais pas très polie, déclare Antonin avec une moue de dépit. Il va falloir remédier à cela ! Et pour ce qui est de mes fonctions, je trouve que c'en est là un bien maigre résumé. Mais tu verras bien, après tout ! Je te laisse le plaisir de découvrir mes nombreuses compétences. Sur ce, mes bouchons, je vous laisse ! Il faut que j'aille traire les vaches.

Mouche pouffe de nouveau bruyamment, encore plus hilare de voir Tila la regarder en fronçant les sourcils, l'œil légèrement bovin, trouve-t-elle, puis demander :

– C'est quoi, des vaches ?

Accoudée au bastingage, à la poupe du navire, Tila regarde son île qui brille sous le soleil. C'est la première fois qu'elle s'en éloigne suffisamment pour voir à quel point elle est verte, tout en collines et en montagnes. Elle imagine ce que font en ce moment Aïsha et les petits, Maman Mo et Papa Pi, Cimanari et les autres ; elle imagine la vie là-bas qui continue sans elle. Et elle s'inquiète, tout à coup, à l'idée qu'il pourrait leur arriver quelque chose sans qu'elle le sache.

– Eh ! capitaine ! tu viens ?

Tila sursaute. Elle était tellement perdue dans sa contemplation et ses pensées qu'elle n'a pas entendu Gabriel arriver derrière elle. Un instant plus tôt, alors qu'elle était sur le point de lui demander, comme convenu, de lui faire visiter l'intérieur du bateau, un gros barbu nommé Gaspard lui a ordonné d'aller dégager une **drisse** qui s'était coincée dans une **vergue**. Ne voulant pas nuire à la bonne marche du navire, Tila s'est contentée de lancer au jeune matelot, assez fort pour que tout le monde l'entende :

– Gabriel, quand tu auras fait ce que te demande Gaspard, je veux que tu me fasses visiter le bateau.

– D'accord, capitaine, a répondu le garçon sur un ton volontairement détaché.

---

Une **drisse** est un cordage qui sert à hisser une voile.
Une **vergue** est une pièce de bois qui est fixée au mât et qui porte une voile.

Entendant cela, Pierre Jean s'est aussitôt approché.

– Si tu veux, a-t-il dit, je peux y aller avec toi.

– Non, je vais attendre ce garçon, a répondu la jeune fille avant de se tourner pour s'appuyer contre le bastingage, sans plus s'occuper de lui, se demandant bien ce que Gabriel pouvait avoir à lui dire.

Maintenant, celui-ci est devant elle, et elle hoche la tête pour lui indiquer qu'elle est prête à le suivre.

– Comme c'est pénible de se sentir sans cesse observé, murmure-t-elle alors qu'ils traversent le pont, et pas forcément par des yeux bienveillants!…

– Je connais cette sensation! dit Gabriel en lui faisant un sourire complice qui lui va droit au cœur.

Aussitôt qu'ils arrivent en bas de l'escalier qui descend entre le **grand mât** et le **mât de misaine**, Tila lui demande avec impatience:

– Alors, qu'est-ce que tu voulais me dire?

– Est-ce que tu as vu la figure de proue du *Joyeux César*?

– Qu'est-ce que c'est, une figure de proue?

– C'est bien ce qui me semblait: tu ne l'as pas vue.

---

Le **grand mât** est le mât du milieu, le plus grand comme son nom l'indique; le **mât de misaine**, celui de devant.

– Mais de quoi tu parles? fait Tila, agacée.

– Une figure de proue, c'est comme une statue… Un truc sculpté, tu vois, qui représente une personne ou un animal.

– Oui, je vois. Et qu'est-ce qu'elle a, la figure de proue du *Joyeux César*?

– Euh… eh bien, tu la regarderas comme il faut quand on descendra. On ne la voit bien que quand on est à l'extérieur du bateau.

– Quoi?! s'exclame Tila, en colère. C'est rien que ça que tu voulais me dire? Que je dois bien regarder la figure de proue en descendant du bateau?!…

– Oui, répond le matelot sans se démonter. Tu verras, ça vaut le coup d'œil…

– Et moi qui croyais que tu avais quelque chose d'important à…

– Chut! lui lance Gabriel en lui faisant un signe pour lui indiquer que quelqu'un arrive.

Puis, faisant comme si de rien n'était, il dit:

– Là, tu vois, c'est le carré. C'est là qu'on mange, qu'on se repose, qu'on joue aux cartes, tout ça. Enfin, quand je dis «on», c'est façon de parler parce que, moi, ils ne me laissent pas le temps de me reposer et de jouer aux cartes. Ils trouvent toujours quelque chose à me faire faire… Et c'est la même chose pour Clément.

– Qui est Clément?

– C'est un garçon qui a à peu près mon âge. Tu ne l'as pas encore vu parce que ça fait trois jours qu'il est cloué à sa couchette. Il a l'air tellement malade que quand je vais me coucher, j'ai toujours la trouille de me réveiller à côté d'un mort. Je suis certain qu'ils l'ont volé quelque part comme ils l'ont fait avec moi.

– Tu ne le lui as pas demandé?

– Non. Il est sourd et muet. En plus, il est sauvage comme un lapin. Alors, on ne peut pas dire que ce soit un très bon compagnon pour moi. C'est pour ça que je m'ennuie tellement sur ce bateau. Au moins, sur l'autre, là où j'étais avant, j'avais un vrai copain. Maintenant, tu es là. Mais tu es trop bizarre, toi… Je n'arrive à te voir ni comme une fille ni comme un garçon…

Tila hoche la tête, un sourire amer sur les lèvres.

– Je comprends, fait-elle simplement.

Tout en parlant avec lui, elle regarde avec curiosité tout ce qui l'entoure. Depuis qu'elle est entrée dans cette partie du bateau, elle est frappée par la saleté qui y règne. Autant la cabine du capitaine et le pont sont impeccables, autant ici tout est incrusté de crasse. La Métisse est sur le point de faire part de son étonnement à Gabriel lorsque celui-ci lui dit:

– Tiens, viens par ici. Là, c'est la cuisine. On va aller voir Henri.

Aussitôt, il pousse une porte et se met sur le côté pour la laisser passer. Tila a tout juste le temps d'entrer dans la pièce qu'elle est littéralement happée par deux bras qui se referment sur elle et l'étreignent avec chaleur.

– Tila! s'écrie le gros bonhomme d'une soixantaine d'années à qui appartiennent les deux bras en question, comme s'il la connaissait depuis toujours. Je suis si heureux de te voir! Je t'attendais!

La jeune fille lui sourit, aussi surprise que touchée par cet accueil. Elle a vu cet homme plus tôt sur le pont. Il faisait partie des quelques personnes qui la regardaient avec bienveillance. Mais elle songe soudain qu'elle ne l'a jamais vu à terre, pas plus d'ailleurs qu'Antonin Armagnac.

– Je suis Henri Parzet, continue l'homme sur un ton enjoué. Si je ne suis pas venu te voir, c'est parce que je voulais te laisser découvrir tranquillement ta nouvelle demeure. J'ai préféré attendre que tu viennes me rendre visite. Et puis, je suis bien occupé aujourd'hui. Ça faisait longtemps qu'on n'avait pas eu autant de bonne nourriture sur le *Joyeux César*. Pour moi, c'est de bon augure! Et je tiens à vous préparer, à Mouche, à Kalidou et à toi, un repas digne de ce grand jour.

Tila n'a toujours pas dit un mot. Elle observe, sidérée, cette cuisine qui brille de propreté et dans laquelle flotte une délicieuse odeur de viande mijotée, cet homme joufflu et jovial qui a l'air si bon, si content de la voir, comme s'il existait entre eux un lien qu'elle ne connaissait pas, un fil qu'elle ne voyait pas. On dirait que, sur ce bateau, il y a deux énergies, deux mondes différents. Un côté lumineux et un côté sombre. La jeune fille frissonne en songeant que c'est exactement comme dans ses rêves.

– Tu as froid ? lui demande Henri Parzet qui a remarqué le tout petit mouvement qui a agité ses épaules.

– Non, répond-elle en lui souriant pour le remercier de sa sollicitude. Je suis plutôt... comment dire ?... secouée... Oui, c'est ça : secouée.

Le cuisinier éclate de rire, d'un rire toni-truant qui, dirait-on, résonne dans tout le bateau.

– Eh bien, mon p'tit chaton, on le serait à moins ! s'exclame-t-il. Dis donc, c'est pas banal, ce qui te tombe sur le museau ! Ça n'arrive pas dans la vie de tout le monde, des trucs pareils ! Moi, en tout cas, je n'en connais pas d'autres à qui c'est arrivé. Et pourtant, Dieu sait si j'ai roulé ma bosse depuis que j'ai quitté mon village ! Moi aussi, j'aurais été secoué si on était venu m'annoncer, un beau matin, que j'avais hérité d'un bateau comme celui-là ! Surtout à ton âge ! Oui, on peut dire que c'est secouant ! Ah ! pour du tout cuit, ça, c'est du tout cuit !

Tila soupire.

– C'est peut-être parce que c'est un peu trop cuit, justement, que ça me fait peur, dit-elle. Peur de ne pas être à la hauteur… quelque chose comme ça.

– Bah, ne t'en fais pas ! Tout le monde peut apprendre. Il suffit d'ouvrir son cerveau et de faire preuve d'humilité. Mon petit doigt me dit que tu en es capable, conclut Henri Parzet avec un clin d'œil.

Tila a la même impression qu'un peu plus tôt avec Antonin Armagnac, l'impression qu'il sait.

– Maintenant, mon enfant, laisse-moi faire mon travail. Il y a des choses, dans une cuisine, qui ne peuvent pas attendre. Et puis, comme tu l'as si bien dit tout à l'heure sur le pont, nous avons tout notre temps pour faire connaissance, pas vrai ?

Tila hoche la tête sans rien dire. Elle fait un signe à Gabriel et se dirige vers la porte.

Juste au moment de l'ouvrir, elle se retourne, sourit à Henri Parzet et lance :

– Ça sent bon, ce que tu fais.

– Mouais, je suis un bon cuisinier. C'est une des choses que Lataste m'a apprises. À plus tard, Tila !

– À plus tard !

Aussitôt que la porte de la cuisine s'est refermée derrière eux, et qu'ils se sont engagés dans le couloir qui mène au carré et aux cabines de l'équipage, Gabriel dit tout bas à Tila :

– On m'a dit qu'Henri Parzet a déjà été un grand navigateur. Mais j'ai du mal à le croire. Je ne vois pas comment un grand navigateur pourrait devenir un simple cuisinier…

– Mon pauvre ami, il y a tellement de choses bizarres sur cette terre ! soupire Tila avec un geste d'impuissance. Tu n'as encore rien vu !

– Comment ça se fait qu'il y a des endroits si propres sur ce bateau et d'autres si sales?

C'est la première question que Tila pose à Antonin Armagnac lorsqu'elle le retrouve sur le pont, appuyé au bastingage, à l'avant du navire.

– Regarde comme c'est beau! s'exclame-t-il comme s'il n'avait pas entendu. Je ne me lasse jamais d'admirer les joyaux que sont ces îles. On dirait des émeraudes posées sur l'écrin turquoise de la mer, brillant sous les rayons d'or du soleil. Atteindre une côte est mon plus grand bonheur, et je suis aussi content de la découvrir que de la retrouver. À mesure que le bateau s'approche, les détails se révèlent, se précisent. Une zone sombre devient peu à peu un village; une petite tache brune, une maison. La ligne, là-bas, s'avère être un chemin.

Tila contemple la Martinique qui est maintenant tout près et dont elle n'avait vu jusque-là que la silhouette, et encore seulement par temps clair. Elle observe, avec crainte et respect, la masse imposante de la Montagne de feu, que les Français appellent « **montagne Pelée** », et dont un nuage cache presque toujours le sommet. Elle se rappelle les nombreuses histoires que racontent les vieux de son village au sujet de cette nuit, il y a longtemps, où ils l'ont vue, au loin, se mettre à cracher du feu.

— Dommage que ces îles soient devenues des terres de souffrance, reprend Antonin Armagnac, jetant un coup d'œil en direction de Kalidou qui, un peu à l'écart, fixe l'**Île aux serpents** d'un regard à la fois triste et tourmenté. Ta mère et ton oncle en savent quelque chose.

L'homme se penche en avant pour poser son menton sur ses deux mains et, sans quitter des yeux l'objet de son admiration, il poursuit :

— Tout homme possède une part de lumière et une part d'ombre, tu le sais, Tila. Et les choses qui l'entourent aussi, puisqu'elles sont son reflet. Il les crée ou les modèle. Alors,

---

Culminant à 1397 mètres, la **montagne Pelée** fait partie des neuf volcans actifs de l'arc des petites Antilles (c'est-à-dire toutes les îles qui se trouvent entre Porto Rico et le Venezuela). Les Kalinagos appellent la Martinique « Iwanakaera », ce qui veut dire « l'**Île aux serpents** ».

elles ont aussi une part de lumière et une part d'ombre, tu comprends? C'est la même chose avec ce bateau. Je sais qu'il y a en ce moment dans ta tête un tas de questions auxquelles je ne suis pas en mesure de répondre. Mais je peux tout de même répondre à celle que tu viens de me poser. Lataste était un homme d'une grande propreté. Alors, les endroits propres sont ceux où il passait tout son temps quand il était à bord, c'est-à-dire sa cabine et le pont. Ça va peut-être te sembler fou, ce que je vais te dire là, mais il n'a jamais descendu l'escalier que tu viens d'emprunter avec le drôle.

– Le drôle? répète Tila en lui lançant un regard interrogateur.

– Oh! excuse-moi! J'ai gardé des expressions de la région d'où je viens. Chez moi, un drôle est un jeune garçon.

– Ah! tu parles de Gabriel…

– Oui, Gabriel, c'est ça. Tout ce que je sais de lui, c'est qu'il vient de la même ville que moi: Bordeaux.

Revenant au sujet qui la préoccupe, la jeune Métisse lance:

– Alors, pourquoi la cuisine est si propre?

– Mais enfin, cela va de soi, Tila! Lataste n'aurait jamais toléré que sa nourriture soit préparée dans un endroit sale! Et pour ma part, j'aurais quitté ce bateau depuis longtemps si cela avait été le cas! Quand tu respectes ton corps, tu ne peux pas mettre des choses sales ou malsaines à l'intérieur, pas vrai?

Antonin Armagnac cesse d'admirer le paysage pour regarder Tila. Puis, satisfait de la voir hocher la tête, il reprend sa contemplation en même temps que son explication:

– Pour ce qui est de l'ami Parzet... disons qu'il n'était pas la propreté incarnée au départ. Mais, avec le temps, il a appris. Et tu sais, Tila, c'est ça qui est important: la capacité d'apprendre, d'écouter. Il y a des gens qui veulent apprendre et d'autres qui ne veulent pas. On ne peut pas reprocher à quelqu'un de ne pas savoir, mais on peut lui reprocher de ne pas vouloir apprendre. C'est une attitude, une ouverture d'esprit, tu comprends?

Le quinquagénaire reste silencieux pendant quelques secondes, observant les poissons volants qui sautent dans tous les sens devant le bateau.

– En général, Lataste n'était pas très patient avec les gens, reprend-il. Il donnait sa chance à chacun. Mais quand il constatait que la personne ne la prenait pas, cette chance, il laissait vite tomber. Il voyait les gens qui sont sur ce bateau comme des espèces d'associés. Il les respectait, mais ça s'arrêtait là. La plupart du temps, il ne se mêlait pas aux autres. Son entourage n'était constitué que de quelques rares personnes dont j'avais le bonheur de faire partie. Pour lui, chacun avait sa place et son rôle. Et il considérait que sa place à lui n'était pas dans les endroits où mangent et dorment les hommes du bateau. Alors, il ne venait jamais de ce côté-ci du navire. C'est pour ça que c'est si sale. J'ai bien essayé de les convaincre de nettoyer, mais j'ai fini par renoncer.

De nouveau, Antonin Armagnac se tait. Le nez en l'air, il regarde maintenant une mouette qui vole au-dessus du *Joyeux César*.

— Tu connais Marc Lataste ? lui demande Tila à brûle-pourpoint.

— Nom d'une pipe ! s'exclame-t-il en se tapant sur le front. J'avais promis à Parzet d'aller l'aider à la cuisine. Je parle, je parle… et je l'avais complètement oublié. Je cours le rejoindre avant qu'il ne vienne me chercher à la pointe de son grand couteau ! Ah ! ah ! ah ! Je te tire ma révérence, capitaine Tila !

Aussi sec, il tourne les talons et disparaît, quelques secondes plus tard, dans l'escalier avant, la laissant plantée là, la bouche en cul-de-poule et les yeux ronds comme des hublots.

« Et après, on dit que c'est moi qui ne suis pas polie ! » marmonne-t-elle intérieurement.

Regardant Gabriel qui grimpe les haubans du mât de misaine, Tila se souvient soudain de ce qu'il lui a dit un instant plus tôt. Sa conversation avec Antonin Armagnac le lui avait fait oublier. Aussitôt, elle se penche en avant pour regarder la figure de proue. Elle ne voit pas grand-chose, cependant, la sculpture étant cachée en bonne partie par l'**éperon** du navire. Elle constate que c'est un corps de femme, mais rien de particulier n'attire son attention. «On ne la voit bien que quand on est à l'extérieur du bateau», a dit Gabriel.

Un plouf, sur le côté, tire brusquement la nouvelle propriétaire du *Joyeux César* de ses pensées. De nouveau, elle se tord le cou pour voir de quoi il s'agit. Un dauphin! Non, pas seulement un! Il y en a deux, puis trois, puis quatre qui bientôt se mettent à pirouetter allègrement devant le trois-mâts, leur peau grise brillant au soleil. Ce spectacle met tant de joie dans le cœur de Tila qu'elle crie, rit, applaudit, saute sur place, tout cela sous le regard ahuri des hommes du bateau qui ne sont pas habitués à de tels débordements d'enthousiasme. Il n'y a que Gabriel qui,

---

Un **éperon** est une flèche de bois qui prolonge l'avant du bateau, à hauteur du pont, et qui peut servir de passerelle d'abordage.

debout sur la dernière vergue du mât de misaine, tape aussi dans ses mains.

– T'as jamais vu un poisson aussi gros, hein, Grain de café?! lance une grosse voix à l'autre bout du pont.

– C'est qu'on n'en voit pas quand on fait des pâtés de sable sur la plage! renchérit une autre.

Des rires gras fusent du groupe d'hommes qui se tiennent à l'arrière du bateau. Tila n'en a cure. Elle ne tourne même pas la tête, continuant à exprimer sa joie et sa gratitude aux dauphins qui sont maintenant une bonne dizaine à danser pour elle.

Aussitôt que le *Joyeux César* est ancré dans la baie de Saint-Pierre, Tila ne fait ni une ni deux et se jette à la mer tout habillée, déclenchant sur le pont une nouvelle salve de rires et de quolibets que, de toute façon, la tête sous l'eau, elle n'entend pas. Elle nage vigoureusement vers la proue du navire. Une fois là, elle fait la planche.

– Joseph Lataste nous a envoyés chercher un capitaine fou, dit-on à mi-voix parmi les hommes qui se sont déplacés en bloc vers le gaillard avant.

Mouche et Kalidou, qui se trouvent là également, doivent bien admettre, en voyant le comportement de Tila, qu'il y a de quoi se poser de sérieuses questions. Encore une fois, il n'y en a qu'un qui se marre et c'est Gabriel. Lui seul sait ce qu'elle fait. Aussi, dès que la jeune fille remonte à bord, il s'approche d'elle et lui demande :

– Tu as vu ?

Incapable de prononcer un mot, tant elle est bouleversée, Tila hoche la tête de haut en bas. Alors, Gabriel explique :

– Je crois que j'ai fait la même chose que la plupart des hommes qui sont sur ce bateau : chaque fois que mon regard s'est posé sur cette sculpture, il s'est promené davantage sur le corps que sur le visage... hum... si tu vois ce que je veux dire... C'est pour ça que ça ne m'a pas frappé tout de suite. Et on dirait que ça ne les a pas frappés non plus, fait-il en montrant ses compagnons du menton, car personne ne l'a remarqué, du moins à ma connaissance.

Debout devant lui, ruisselante d'eau, Tila continue de hocher la tête comme si elle ne savait plus rien faire d'autre. On dirait un de ces jouets mécaniques qu'on remonte pour qu'ils fassent encore et encore le même mouvement.

– Quand j'étais chez toi, continue le jeune matelot, je n'arrêtais pas de me demander : « Où est-ce que j'ai vu cette tête ? Où est-ce que j'ai vu cette tête ? » Et puis, une fois, je suis rentré au bateau à la nage et je me suis accroché à la chaîne d'ancre pour reprendre mon souffle avant de grimper l'échelle. C'est à ce moment précis, en levant la tête, que j'ai eu la réponse : LÀ ! C'était là que je l'avais vue, une des rares fois sûrement où… hum… mes yeux sont montés plus haut que ses seins… Tu vois ?

– Je vois ! finit par répondre Tila avec un geste d'impatience. Des fois, on dirait que tu n'as jamais vu une femme !

– Ben quoi ! réplique Gabriel en haussant les épaules. Je suis un garçon, et les garçons regardent les filles, non ? C'est leur travail ! Tu ne faisais pas ça, toi, quand tu étais un garçon ?

Tila lève les yeux au ciel en poussant un soupir long comme un quart de nuit sous la pluie, puis elle tourne les talons en grommelant :

– Ouais, bien sûr, je faisais la même chose ! Ça va de soi !

– Je ne te comprends vraiment pas ! marmonne Gabriel dans son dos. Par moments, je me sens bien avec toi comme si je te connaissais depuis toujours, et puis, d'autres fois, tu me casses les pieds! T'es soupe au lait comme c'est pas permis!

« Soupe au lait! Soupe au lait! grogne Tila dans son for intérieur. Qu'est-ce que ça veut dire encore, ça? Comment on peut faire de la soupe avec du lait? Et même si c'était possible, comment quelqu'un pourrait-il *être* soupe au lait? J'en ai marre de ne pas comprendre la moitié de ce que ces gens me disent!»

Dans sa tête règne la plus totale pagaille. Cependant, dans ce brouillamini, une question finit par triompher de toutes les autres. Pourquoi Joseph Lataste, frère de Marc Lataste, son père, avait-il sur son bateau une figure de proue à l'effigie d'Aïsha, sa mère?

Alors que Tila se dirige vers sa cabine pour aller s'essuyer et changer de vêtements, un homme se plante devant elle et lui dit:

– On m'appelle Ventenpoupe. C'est parce que je marche toujours très vite comme si le vent me poussait dans le dos.

Les yeux écarquillés, Tila regarde le vieux loup de mer qui lui fait face. Il est petit et sec, tout en muscles à l'intérieur et en tatouages à l'extérieur. Il a sur les lèvres un rictus qu'on ne pourrait qualifier avec certitude de sourire ou de grimace, et qui laisse apparaître quelques dents noires et branlantes qu'il ferait bien mieux de cacher. Ses cheveux, comme sa barbe, sont tout emmêlés, d'un blanc jaunâtre, sans doute à cause de la fumée de la pipe qui semble soudée à ses doigts brunis par la nicotine. Il se dégage de son corps une odeur indescriptible qui fait regretter à toute personne se trouvant dans les parages de ne pas être ailleurs.

– Je ne sais pas pourquoi tu as voulu qu'on vienne ici, déclare-t-il sur un ton neutre, mais j'ai dans l'idée que c'est pour chercher quelqu'un ou quelque chose. Je connais Saint-Pierre comme ma poche. Alors, si jamais tu as besoin d'un renseignement, demande à Ventenpoupe. Une petite bouteille de rhum et abracadabra ! Ventenpoupe, toujours si discret, devient une vraie pipelette !

– Tu connais un bateau qui s'appelle la *Gorgieuse* ? demande Tila tout de go.

Au moment précis où elle a prononcé le nom du bateau, une toute petite étincelle, dans l'œil de Ventenpoupe, a répondu à sa question. Cependant, le vieil homme jette un regard circulaire autour de lui, fait un rictus qu'on peut qualifier sans hésiter, cette fois, de grimace, puis lance d'un air pincé, la tête penchée sur le côté :

– Où est la bouteille de rhum ?

– Je n'en ai pas dans mes poches, réplique Tila en tapotant le haut de son pantalon tout trempé. Mais dis-moi, Ventenpoupe, la *Gorgieuse* est un navire de commerce, pas vrai ? Et que transporte un navire de commerce dans la mer des Antilles si ce n'est pas du rhum ? Conclusion : si tu veux du rhum, tu dois me dire où se trouve la *Gorgieuse*…

– Ah ! ah ! ah ! s'exclame Ventenpoupe. Elle me prend pour un âne !

– Pourrais-tu *lui* dire ce qu'est un âne ? fait obligeamment la jeune fille en lui faisant un sourire contraint.

– Un âne est un animal très bête.

– C'est toi qui le dis ! Je ne connais aucun animal très bête, à part l'homme en certaines circonstances ! Mais pourquoi penses-tu que je te prends pour un animal que tu dis bête ?

– Parce que tu me crois assez idiot pour te croire quand tu dis qu'il faut trouver la *Gorgieuse* pour avoir du rhum alors qu'il y en a partout sur cette île…

– Bien sûr qu'il y a du rhum partout sur cette île ! riposte Tila en haussant les épaules comme s'il s'agissait de la plus grande des évidences, alors qu'elle vient tout juste de l'apprendre. C'est seulement que je préfère l'acheter au capitaine de la *Gorgieuse* qui est un vieil ami.

– Un vieil ami ! s'écrie Ventenpoupe en se tapant sur les cuisses et en émettant un couinement qui ressemble vaguement à un rire. Elle est bien bonne, celle-là ! Le capitaine de la *Gorgieuse* n'a pas d'ami. C'est un être hargneux qui déteste les autres. Il ne parle à personne, en dehors bien sûr des affaires, car il n'aime que l'argent. Tout le monde l'appelle « la Teigne ». Alors, ça m'étonnerait qu'il ait pour ami un olibrius dans ton genre ! C'est bien la preuve que tu me prends pour un nigaud !

– Et c'est bien la preuve aussi que tu l'es, rétorque le capitaine avec un sourire moqueur, car tu viens de me confirmer que tu connais la *Gorgieuse* sans que j'aie à te donner une bouteille de rhum !…

Ventenpoupe ouvre la bouche, mais aucun son n'en sort. Sans lui laisser le temps de se ressaisir, Tila reprend sur le ton victorieux du chasseur qui a déjà son pied sur la tête de sa proie :

– Alors, je vais te proposer un autre marché, Ventenpoupe : je te donne une *demi*-bouteille de rhum si tu me dis où se trouve la *Gorgieuse*…

Le vieux marin hoche plusieurs fois la tête en fixant Tila droit dans les yeux. Son regard est maintenant empreint d'une certaine admiration et, peu à peu, un vrai sourire se dessine sur ses lèvres.

– Chapeau ! Là, vraiment, je n'ai rien d'autre à dire : je te tire mon chapeau !

Ventenpoupe hoche encore la tête, se tourne vers ses compagnons et déclare :

– Il n'est pas si fou qu'il en a l'air, le capitaine ! Et puis, je vous confirme que c'est un garçon !

– Qu'est-ce qui te fait penser ça ? lance Tila, intriguée.

– Jamais une fille ne pourrait avoir autant d'esprit!

– D'après toi, est-ce que ta mère avait de l'esprit, Ventenpoupe?

– Ma mère?! s'exclame le pirate avec une moue de mépris et, en même temps, une ombre de tristesse dans l'œil. Ma mère buvait tellement qu'elle ne savait même pas que j'étais là. Et les rares fois que j'ai essayé de le lui rappeler, elle m'a tellement frappé que j'ai vite compris qu'il valait mieux que je ne me fasse pas remarquer! Le jour où j'ai quitté la maison, à onze ans, je suis certain qu'elle ne s'en est même pas aperçue!

– Pauvre femme! soupire Tila en secouant la tête d'un air désolé.

– Pauvre femme?! répète Ventenpoupe en détachant chaque syllabe, son vilain visage tout plissé d'indignation.

– Peut-être qu'elle était très malheureuse pour agir comme ça. Peut-être aussi qu'elle était vraiment méchante. Toi seul la connais assez pour répondre à cette question. Mais est-ce que tu te l'es déjà réellement posée, cette question? Ou est-ce que tu as mis d'office ta mère dans la deuxième catégorie?

L'homme regarde Tila en biais, sans rien dire, en se grattant le menton. En fait, il n'y a plus rien à dire, pense-t-il, car tout cela mérite réflexion. En lui, une porte s'est ouverte dont il ignorait l'existence. Au bout de quelques secondes, il demande en pointant le doigt vers l'arrière du *Joyeux César* :

– Tu vois ce bateau, là-bas ?

– Celui-là ? fait la petite Métisse en montrant un petit navire à la coque noire parmi les nombreux bateaux qui mouillent dans la rade de Saint-Pierre.

– Non, encore derrière. C'est un trois-mâts comme le nôtre, mais plus grand.

– Oui, je le vois ! Et alors ?

– C'est la *Gorgieuse*, dit Ventenpoupe.

Tila lui sourit avec gratitude.

– La Teigne passe toutes ses soirées au Gai Luron, ajoute le vieux pirate. C'est une taverne du port. Si tu vois un type assis tout seul à une table, tu peux être certain que…

– Certaine, rectifie Tila.

– Oui… bien sûr… certaine…, reprend Ventenpoupe, dérouté. Qu'est-ce que je disais ? Ah oui ! Si tu vois un homme tout seul à une table, tu peux être cer… certaine que c'est la Teigne.

– Merci, mon ami, déclare la jeune fille en lui faisant un sourire angélique.

Puis, pensant à la boîte que lui a laissée Joseph Lataste dans le tiroir de la table de nuit, elle se tourne vers les autres hommes qui sont restés rassemblés sur le gaillard avant et leur lance :

– Eh, les gars, ça vous dirait, une virée au Gai Luron, ce soir ? Je paie une bouteille à tous ceux qui viendront avec moi !

Ce soir-là, il y a dix-sept hommes derrière Tila lorsqu'elle pousse la porte du Gai Luron. Toutefois, elle ne se fait pas d'illusions : il y a sans aucun doute dans le groupe plus d'ivrognes que de partisans… Tout ce qu'elle veut, c'est faire impression et on peut dire qu'elle a tapé en plein dans le mille ! En effet, tous les regards se tournent vers eux quand ils entrent dans la grande taverne. Il faut dire que la scène vaut le coup d'œil.

La petite Métisse, au centre, porte un tricorne qu'elle a trouvé dans sa cabine, une chemise blanche et un pantalon noir retenu à la taille par une large ceinture de cuir, noire aussi. Elle a tout à fait l'allure d'un pirate et, comme elle a remonté ses longs cheveux tressés à l'intérieur de son chapeau, on ne pense pas, au premier abord, qu'il s'agit d'une fille. On voit juste que c'est une personne très jeune.

À sa gauche se tient un homme noir d'environ trente ans. Vêtu d'une espèce de gilet sans manches, ouvert sur le devant, et laissant voir des biceps et des pectoraux qui semblent taillés dans du marbre, il est aussi beau que fort et en bonne santé, contrairement à la plupart des Noirs qu'on voit par ici, esclaves dans les plantations. À droite de la Métisse, il y a une jeune fille aux formes plantureuses et à l'étrange faciès : elle a des yeux d'Indien, des traits de Noir et la peau et les cheveux d'un Blanc. On ne peut pas dire que ce soit un heureux mélange. Elle n'est pas jolie, mais son visage reflète un charisme exceptionnel.

Derrière ce trio plus que singulier se trouvent des hommes que tous, ici, connaissent ou, du moins, ont déjà vus : Pierre Jean et la clique du *Joyeux César* presque au complet.

De son côté, Tila observe avec curiosité les gens qui peuplent la taverne. C'est qu'il y a, en ces lieux aussi, des têtes et des personnages plutôt particuliers. Certains hommes jouent aux cartes, d'autres discutent, mais tous boivent. Des femmes légèrement vêtues circulent de table en table en tortillant du popotin.

Un homme est assis tout seul à une table. Il n'a même pas levé la tête. Tila se dirige vers lui, certaine qu'il s'agit de la Teigne. Mais alors qu'elle marche dans sa direction, un immense bonhomme borgne l'interpelle sur un ton narquois :

– Eh, demi-portion, qu'est-ce que tu fais dans ce trou à rats? Ta mère va te chercher partout pour te mettre ta couche!

Tila se retourne vers lui et, sans se démonter, lui dit:

– Tu veux que je te donne un bon conseil, l'ami? Occupe-toi de tes affaires et laisse-moi tranquille. Sinon je vais te faire une tête que ta mère à toi aura du mal à reconnaître, t'as compris?

– Mais qu'est-ce qui lui arrive?! chuchote Mouche, les yeux ronds, à Kalidou qui est trop étonné pour répondre, se contentant de hausser les épaules d'un air impuissant.

Le colosse qui s'est adressé à Tila est si décontenancé qu'il ne trouve rien d'autre à faire que ricaner, alors que les autres clients de la taverne s'esclaffent allègrement.

– Pour me battre, finit-il par lancer, il faudrait que tu montes sur un escabeau! T'es même pas armé!

– Ça reste à voir…, fait Tila avec un sourire plein de malice. Tu veux que je te montre?

Sans attendre sa réponse, elle sort sa fronde de sa ceinture, déclenchant autour d'elle une autre explosion de rires. Il y a longtemps qu'on n'avait pas eu droit à un spectacle aussi hilarant au Gai Luron qui porte bien mal son nom, étant habituellement plutôt sinistre.

À la vitesse de l'éclair et avec une adresse prodigieuse, Tila tire un petit caillou qui atterrit pile sur le bord du chapeau du grand pirate, le poussant vers l'arrière jusqu'à le faire tomber. Tout le monde reste bouche bée, à commencer par le colosse qui a eu une grosse peur, croyant qu'il allait prendre le projectile dans le seul œil qui lui reste ou bien dans un autre endroit où ça fait très mal.

Ventenpoupe donne un coup de coude à son voisin et s'exclame fièrement :

– Je vous l'avais bien dit que c'était un garçon !

Au même instant, Mouche murmure à Kalidou d'un air stupéfait :

– Tu savais qu'elle pouvait viser comme ça, toi ?

– Non, répond simplement le jeune homme en roulant des yeux effarés.

Comme si de rien n'était, Tila remet sa fronde à sa place et reprend sa marche vers la table de la Teigne qui, maintenant, la regarde avec un certain intérêt. Le borgne, tout rouge de colère, ramasse son chapeau et fait un pas dans sa direction, mais il est tout de suite arrêté par trois hommes du *Joyeux César* qui viennent se planter devant lui avec l'air de ne pas du tout avoir envie de rigoler.

– C'est toi qui as provoqué notre capitaine, dit l'un d'eux. Tu as joué, tu as perdu. Respecte les…

– QUOI ?! fait le colosse en s'étouffant presque d'indignation. Qu'est-ce que t'as dit ? VOTRE CAPITAINE ?! Tu veux dire que cet avorton est le capitaine du *Joyeux César* ?

– T'as bien entendu ! rétorque l'autre vivement. Par contre, on dirait que t'as pas entendu ce qu'il a dit, *notre* capitaine… Il a dit : « Occupe-toi de tes affaires. »

La mâchoire crispée, la narine dilatée, le colosse prend une grande respiration en lançant à Tila un regard haineux qui fait frissonner Mouche, puis il pivote sur ses talons et repart à sa table d'un pas lourd et lent. Pendant ce temps, la petite Métisse s'assoit devant la Teigne qui, sans préambule, lui lance :

– Qui t'a appris à tirer comme ça ?

– Une vieille dame qui s'appelait Koura.

L'homme hoche la tête avec un imperceptible sourire et une toute petite flamme dans l'œil qui n'échappent pas à Tila.

– Tu la connaissais ? dit-elle naïvement.

– Qu'est-ce que tu me veux ? réplique la Teigne en reprenant sa mine imperturbable, mais en la fixant droit dans les yeux.

La jeune fille le regarde aussi et, tout à coup, elle a un doute. Cet homme ne ressemble pas à celui dont Ventenpoupe lui a fait la description, ou du moins à l'image qu'elle s'en est faite à partir de là. C'est non pas un vieux grincheux affreux comme elle l'avait imaginé, mais un homme d'une quarantaine d'années, plutôt beau malgré une cicatrice qui lui barre la joue gauche, du bas de l'oreille au coin interne de l'œil, et qui évoque vaguement une de ces peintures de guerre que se font les Kalinagos.

– Tu es le capitaine de la *Gorgieuse*? lui demande-t-elle finalement.

Un bref hochement de tête le lui confirme.

– Ils t'appellent «la Teigne»…, ajoute Tila d'un air hésitant en lui jetant un regard interrogateur.

Cette fois, l'homme répond, sans cependant se départir de son impassibilité:

– Ils n'ont rien d'autre à faire que parler, quand ils ne se battent pas. À toi maintenant de te faire ta propre idée sur le sujet…

Tila sourit: ces mots lui rappellent ceux de sa mère.

– Je m'appelle Simon, précise le capitaine de la *Gorgieuse* avant de répéter: Qu'est-ce que tu me veux?

– Je cherche une fille qui s'appelle Catherine. Elle a déjà voyagé sur ton bateau avec ses parents et son…

– Oh oui, je me souviens d'elle ! l'interrompt Simon en secouant la tête, une ombre de tristesse dans le regard. Je ne suis pas près de l'oublier. Je n'avais jamais vu une petite fille pleurer comme ça. Ça m'a fait mal au cœur.

– Alors, tu as un cœur ? ne peut s'empêcher de souffler Tila.

Comme s'il n'avait pas entendu, l'homme poursuit :

– Catherine est la fille de Charles Morin. Il a une épicerie au Prêcheur.

– C'est où, le Prêcheur ?

– Un peu au nord. Tu peux y aller soit par la mer, soit par la route. Tes hommes vont t'y amener.

Il prend son verre, s'envoie une bonne rasade de rhum, puis il baisse la tête et, le regard perdu, plonge de nouveau dans ses pensées comme si Tila n'était pas là. Voyant que la discussion est terminée, cette dernière se lève. Mais, à l'instant précis où elle se retourne pour s'éloigner de la table, le capitaine de la *Gorgieuse* redresse la tête et lui déclare tout bas :

– Fais bien attention. Certains d'entre eux sont des vrais rapaces. Ils n'ont ni foi ni loi. Un jour, ils peuvent te vénérer et, le lendemain, te couper la gorge.

La Métisse le regarde pendant quelques secondes d'un air perplexe, puis elle finit par comprendre qu'il parle toujours de *ses* hommes, comme il a dit un instant plus tôt.

– Si rapaces que, pour les empêcher de nous faire du mal, on devient une teigne?… demande-t-elle candidement.

À son tour, Simon lui lance un regard perplexe. Puis un sourire étire le coin de ses lèvres vers le haut. Mais si peu, si brièvement que Tila se demande ensuite si elle n'a pas rêvé.

**11**

Tila a choisi la route, car elle ne tient pas du tout, cette fois, à se faire remarquer. À ses côtés, dans la charrette qu'elle a louée à Saint-Pierre, il n'y a que Kalidou et Mouche, ainsi que Pierre Jean et Antonin Armagnac qu'elle a réussi à convaincre, non sans mal, de l'accompagner. Anatole dort sur ses genoux.

Entre mer et terre, sous les tourbillons de poussière que soulève le vent, la route cahoteuse menant au Prêcheur longe la Montagne de feu. Celle-ci dégage une puissante odeur de soufre qui donne un peu mal au cœur. Certes, Tila est impressionnée par le paysage grandiose qui l'entoure. Mais, en même temps, elle est trop soucieuse pour l'apprécier à sa juste valeur, car elle ne cesse de penser à Catherine, se demandant encore une fois comment elle va pouvoir s'y prendre pour la persuader de la suivre.

« Pourquoi pas, après tout ? finit-elle par se dire. Depuis que je suis montée sur ce bateau, je dis et fais des choses que je n'aurais jamais cru pouvoir dire ou faire avant.» Elle baisse la tête et regarde la grosse bague qui orne le majeur de sa main gauche. «En fait, ce n'est pas depuis que je suis montée sur ce bateau, pense-t-elle, c'est depuis que j'ai cette bague. On dirait qu'elle me donne de la force. Des fois, j'ai l'impression qu'elle chauffe sur mon doigt, qu'elle m'envoie de l'énergie.»

Du coin de l'œil, Tila observe Antonin Armagnac qui contemple le paysage avec un plaisir évident. Il n'a pas dit un mot depuis qu'ils sont partis de Saint-Pierre. Pierre Jean non plus. La jeune fille songe qu'en fait elle ne les a jamais vus se parler, si ce n'est pour échanger des informations pratiques. Cela fait partie des nombreuses choses étranges dont elle est témoin à bord du *Joyeux César*.

Si elle a bien compris ce que lui a dit A. A., il y avait sur ce navire un petit groupe de gens qui étaient les amis de Joseph Lataste et un gros groupe de gens qui ne l'étaient pas. Manifestement, Pierre Jean faisait partie du dernier groupe. Alors, pourquoi Joseph Lataste l'avait-il choisi comme second, puis comme capitaine temporaire? Une autre bizarrerie. Une autre énigme dont elle n'est pas près de connaître la solution. C'est que ces gens-là sont plutôt avares d'explications. On dirait qu'ils font un concours à qui en dira le moins!

En fait, pour l'instant, Tila ne voit personne d'autre, dans le petit groupe d'amis, qu'Henri Parzet et Antonin Armagnac. Eux seuls habitent à côté de la cabine qu'occupait Joseph Lataste, endroit auquel, comme elle l'a constaté, eux seuls aussi avaient et ont encore accès. Effectivement, hier soir, quelques minutes à peine après qu'elle est rentrée dans sa cabine, un « toc-toc » sur la cloison de cette dernière lui a permis de découvrir une porte secrète qui ouvre sur un salon contigu à leurs cabines.

C'est dans ce salon que, un instant plus tard, Tila s'est assise pour la première fois de sa vie à une table, afin de partager avec Antonin Armagnac, Henri Parzet, Mouche et Kalidou le « repas digne de ce grand jour » dont le cuisinier lui avait parlé plus tôt. C'est également là que, toujours pour la première fois de sa vie, elle a vu une assiette et un verre à pied, un couteau, une fourchette et une cuillère en métal, des objets dont elle n'a pas aimé le contact, les trouvant trop froids.

Les deux Français leur ont posé un tas de questions, du moins à Kalidou et à elle, car Mouche esquive celles qui lui sont adressées avec autant de brio et d'élégance qu'eux, comme Tila a pu le constater chaque fois qu'elle a essayé de leur arracher quelque renseignement sur l'ancien maître des lieux. «Ce que tu as à apprendre, tu l'apprendras par toi-même», lui a glissé Henri Parzet avant qu'elle ne se retire dans sa cabine où, épuisée, elle s'est affalée sur son lit pour s'endormir aussitôt.

– Regarde, s'écrie Mouche en lui donnant un coup de coude, il y a de la fumée là-bas.

Tila lève la tête en sursautant, car, en entendant le mot «fumée», elle a tout de suite pensé que la Montagne de feu crachait sa rage. Cependant, elle constate avec un certain soulagement que la fumée dont parle Mouche se concentre en une colonne s'élevant au-dessus du village qui se dessine devant eux.

– Une maison brûle, déclare sur un ton impassible l'homme qui conduit la charrette.

Tandis qu'ils se rapprochent du Prêcheur, les six occupants de la voiture et les deux vieux chevaux qui la tirent fixent la colonne de fumée noire, les premiers se demandant ce qu'il y a en dessous, les autres ne se demandant rien du tout. Bientôt, la charrette s'immobilise sur la petite place du village, entourée de bâtisses de bois parmi lesquelles se trouve celle qui s'est transformée en brasier. De nombreuses personnes se sont rassemblées là pour regarder le sinistre spectacle.

Une jolie et plantureuse jeune femme s'approche du charretier, un bellâtre à moustache d'une quarantaine d'années, et lui lance :

— Tiens, Ferdinand ! Ça faisait longtemps qu'on ne t'avait pas vu dans le coin !

— Bonjour, Simone ! répond l'homme avec un grand sourire. Si tu voulais, je viendrais plus souvent, ma belle !…

Simone baisse la tête en gloussant, les joues roses de plaisir.

— Toujours aussi coquin, ce Ferdinand ! s'exclame-t-elle. Comme s'il n'avait pas assez de maîtresses à Saint-Pierre !

— Bah, bah, bah ! réplique Ferdinand, l'œil brillant, la bouche en cœur. Ne crois pas ces ragots ! Tu sais comme les gens sont méchants. Ils racontent n'importe quoi ! En vérité, jour et nuit, je ne pense qu'à toi, ma jolie !

— Hum ! hum ! fait Antonin Armagnac avec embarras, histoire de leur rappeler qu'ils sont là.

— Tu amènes des nouveaux ? demande Simone à Ferdinand, pas fâchée du tout de cette diversion, car elle sait très bien que les ragots dont parle ce don Juan sont des faits avérés, l'ayant vu de ses propres yeux avec d'autres femmes à Saint-Pierre.

– Nous sommes seulement de passage, dit A. A. Que se passe-t-il ici ? ajoute-t-il en pointant le doigt vers la maison en feu.

– C'est le magasin qui est en train de brûler, explique la jeune femme. Les hommes ont essayé d'éteindre le feu, mais il n'y a plus rien à faire. Pauvres gens ! Ils n'ont que des malheurs depuis qu'ils sont arrivés ici.

Elle secoue la tête d'un air consterné, puis déclare :

– Je me demande bien où on va faire nos provisions maintenant…

– Ne t'en fais pas, mon petit cœur, susurre Ferdinand avec un sourire charmeur, je peux venir te chercher quand tu veux pour t'amener à Saint-Pierre. Comme ça, on pourra…

Tila l'interrompt pour poser la question qui lui brûle les lèvres, appréhendant la réponse :

– C'est l'épicerie de Charles Morin ?

– Il n'y a qu'une épicerie, ici, noiraude, et c'est celle de Charles Morin, celle qui est en train de brûler sous tes yeux, rétorque Simone sur un ton méprisant qui fait grimacer Kalidou, tant il lui rappelle de mauvais souvenirs.

– Où est-ce qu'ils sont ? insiste Tila.

– Qui ?

– Ben, Charles Morin, sa femme, leurs enfants…

– Charles Morin vit avec sa femme et sa fille dans une maison qui se trouve derrière le magasin. Il y a trop de fumée pour qu'on voie si elle est encore là. Mais, eux, je ne les vois pas ; ça, c'est sûr !

La Métisse saute de la charrette et part en courant vers la bâtisse en flammes, qu'elle doit contourner à bonne distance afin de ne pas être incommodée par l'intense chaleur qui s'en dégage. Un petit jappement, dans son dos, l'informe qu'Anatole l'a suivie. Il y a effectivement une maison de bois en arrière du magasin. Elle semble intacte, mais des flammes lèchent sa façade de façon menaçante. Le vent, heureusement, est très faible. Il suffirait toutefois d'un souffle plus fort pour que le feu se propage à l'habitation.

Des sanglots attirent l'attention de Tila qui, aussitôt, se précipite vers l'arrière de la maison. Là, dans un petit jardin, une femme à genoux pleure à chaudes larmes. Son beau visage est ravagé par le chagrin.

– Pourquoi ? hoquette-t-elle. Pourquoi le sort s'acharne-t-il ainsi sur nous ? Qu'avons-nous fait pour mériter pareille misère ?

– Rien, Élisabeth, nous n'avons rien fait, répond une voix masculine derrière un arbuste.

Tila, qui s'est immobilisée en voyant la femme, avance un peu et aperçoit, en retrait, un homme qui pleure aussi, mais plus discrètement, plus amèrement aussi, dirait-on. « Ce doit être Charles Morin et sa femme », songe-t-elle.

— C'est elle qui fait tout ça, j'en suis sûr, affirme l'homme d'une voix blanche.

— Je t'en supplie, ne dis pas ça, surtout devant elle, murmure la femme en reniflant.

— Elle n'entend rien.

— Qu'est-ce que tu en sais ?

Suivant le regard de madame Morin qui vient de tourner la tête, Tila voit, au fond du petit jardin, une fille assise sur un banc, vêtue d'une robe en soie turquoise qui cache complètement ses jambes. Elle fixe le vide d'un air hébété, comme absent. Elle semble avoir à peu près son âge. Très jolie, elle a le teint pâle, des yeux très bleus et des cheveux blonds qui tombent en ondulant sur ses épaules.

— Qu'est-ce que j'en sais ?! fulmine Charles Morin, fou de douleur. Non mais, regarde-la ! Ce n'est pas notre fille ! C'est le démon que Satan a mis à sa place le jour où il nous l'a prise.

— Comment peux-tu dire des choses pareilles ?

— Parce que c'est la vérité ! C'est à cause d'elle que Benjamin est…

Soudain, l'homme se tait. Il vient de voir Tila qui, figée à côté d'un arbre, les regarde en se demandant de quoi ils parlent.

– Qui c'est, celle-là? fait-il en lançant à sa femme un regard étonné.

– C'est Tila, ma nièce, répond avec aplomb un homme derrière la jeune Métisse qui se retourne d'un bond, tant elle est surprise d'entendre cette voix et, surtout, ces mots. Je vous prie de pardonner son indiscrétion comme la mienne. Mais, avant tout, permettez-moi de me présenter. Je suis Antonin Armagnac, médecin du corps et de l'âme. Nous naviguons à bord d'un navire qui fait un voyage scientifique dans les Antilles, afin d'étudier l'activité des volcans. J'ai entendu malgré moi votre discussion, et je pense que je peux vous aider.

Il y a dans cette voix, sur ce visage tant de douceur, de bonté et de compassion que Charles Morin est désarmé, touché. Toute la souffrance qu'il a retenue dans son corps se met à couler par ses yeux. Il pleure à chaudes larmes maintenant, comme un enfant. Il fait quelques pas en direction de l'inconnu qui vient d'apparaître comme par miracle devant lui, tourne la tête pour regarder son magasin qui flambe toujours, sanglote plus fort, tourne la tête de l'autre côté, cette fois vers sa fille, pleure encore et encore. Tila n'a jamais vu un tel condensé de douleur. Elle en a la chair de poule.

Devant Antonin Armagnac, qui lui inspire le respect avec son allure aristocratique et ses vêtements bien coupés, Charles Morin baisse la tête et déclare d'une voix à la fois désespérée et étonnamment digne :

— Monsieur, si vous pouvez m'aider, faites-le. Je m'en remets à vous, car je suis en train, je crois, de devenir fou.

— Venez vous asseoir là-bas avec votre femme et racontez-moi tout, dit A. A. en le prenant par le bras.

Une fois qu'ils sont assis tous les trois sur le banc qui fait face à celui de Catherine, Charles Morin se met à parler tout bas, sans jamais quitter sa fille du regard :

— Nous habitions à Royan. C'est une petite ville, précise-t-il en regardant Tila, qui se trouve au bord de la mer, dans l'ouest de la France. Nous vivions bien, je tiens à vous le préciser, car ce ne sont point les soucis, financiers ou autres, qui nous ont poussés à partir. Non, c'était uniquement le goût de l'aventure, l'envie de voir de nouveaux horizons, d'offrir à nos enfants autre chose que les guerres de religion qui font couler tant de sang en France. Venant d'une famille aisée, j'avais pu me rendre propriétaire d'un magasin d'articles de navigation qui marchait fort bien. C'est là que j'ai connu ma femme qui, elle, est issue d'un milieu très pauvre. Je l'avais engagée comme vendeuse. Mes parents et les autres membres de ma famille ont désapprouvé cette union, mais je m'en fichais, car je l'aimais comme un fou. Avec le temps, voyant que c'était une bonne épouse et une bonne mère, ils ont fini sinon par l'aimer, du moins par l'accepter. Donc, tout allait bien pour nous. Nous avions deux beaux enfants… Tout de même, je dois avouer que j'ai été déçu quand Élisabeth a donné naissance à Catherine. Je voulais tant avoir un garçon… J'en rêvais ! Mon fils… mais peut-être aussi le petit frère que je n'avais jamais eu, moi qui avais grandi dans la solitude, enfant unique parmi des adultes froids et rigides. Alors, quand Benjamin est né deux ans plus tard, j'étais le plus heureux des hommes. J'ai un ami, Claude de Court-champ, qui est l'un des anciens dirigeants de la Compagnie des Indes occidentales. Entre deux voyages, il nous parlait tant de ces îles que nous en rêvions ! Il nous promettait monts et merveilles si nous partions avec lui pour ce paradis. Le soir, dans notre lit, nous imaginions toutes les formidables aventures que nous pourrions vivre là-bas, de l'autre côté du vaste océan...

Charles Morin sourit tristement en se rappelant ces moments heureux de sa vie où tous les espoirs étaient permis, même les plus fous.

– Un jour, poursuit-il, nous avons tout vendu, nous avons tiré notre révérence à la famille, et nous avons embarqué tous les quatre sur un beau navire, l'*Aventure*, car nous avions suffisamment d'argent pour nous offrir un voyage confortable. Catherine avait dix ans ; Benjamin, huit. Cela fait presque trois ans. Ah, monsieur, je ne vais pas vous décrire, à vous qui avez un jour aussi quitté votre pays pour partir vers l'inconnu, la douleur que l'on ressent dans son ventre en même temps que l'indicible bonheur de partir là où notre cœur nous envoie !

Antonin Armagnac hoche la tête gravement. Oui, il sait. Le père de Catherine continue :

– Lorsque nous sommes arrivés en Guadeloupe, nous avons pris un autre bateau qui fait du commerce entre les îles, la *Gorgieuse*, et qui partait pour la Martinique. Après avoir essuyé une terrible tempête au large de la Dominique, nous avons dû mouiller dans une baie du sud de cette île pour réparer le gouvernail. On dirait que c'est là, dans cette baie, que notre vie a basculé. Catherine avait une poupée que ma sœur aînée lui avait offerte quand elle était toute petite. On ne la voyait jamais sans cette poupée. Elles étaient inséparables. C'est du moins ce que Catherine affirmait. Elle disait même qu'elles se parlaient, toutes les deux. Jusque-là, ça nous avait toujours fait rire… Alors que nous étions au mouillage dans cette baie, Catherine a voulu aller se baigner. Comme Élisabeth ne se sentait pas bien ce jour-là, j'ai préféré rester avec elle sur le bateau et j'ai demandé à des hommes de la *Gorgieuse* d'amener mes enfants sur la plage, en chaloupe, afin qu'ils puissent faire trempette. Il faisait très chaud et il n'y avait pas un brin de vent. Un bon bain les rafraîchirait, ai-je songé. Mais pendant que Catherine nageait et jouait dans l'eau, sa poupée a disparu. Elle l'avait laissée sur la plage. Son frère, qui faisait un château de sable, n'avait rien vu, ni les marins qui s'étaient assis à l'ombre, plus loin, pour les attendre.

Tila regarde Catherine qui, elle, fixe toujours le vide. Cette fille a l'air si délicate, si fragile, si légère qu'un coup de vent pourrait, dirait-on, l'emporter. La Métisse, tout en muscles, n'a jamais vu un être si chétif.

– Les hommes de la *Gorgieuse* qui avaient accompagné les enfants à la plage ont cherché la poupée partout, poursuit Charles Morin, mais ils ne l'ont jamais retrouvée. Un vrai mystère. Vo-la-ti-li-sée, la poupée !

Il baisse la tête.

– L'esprit de Catherine est resté, lui aussi, dans cette baie, là-bas, sur cette plage. Depuis ce jour, elle n'a plus dit un mot, si ce n'est pour appeler son chat qui est la seule créature avec qui elle semble désormais communiquer. Cet après-midi-là, quand elle est revenue sur le bateau, elle pleurait et criait tellement que je lui ai donné une gifle pour la calmer. Ma patience était à bout. Je ne pouvais pas comprendre que l'on puisse faire un tel drame pour un objet, un vulgaire jouet. J'avoue que je ne le comprends toujours pas. Mais on dirait que Catherine ne m'a jamais pardonné de l'avoir giflée ce jour-là. Elle me hait. Je le vois dans son regard les rares fois où il croise le mien.

De nouveau, les yeux de Charles Morin se remplissent d'eau. Son visage se plisse de douleur. La voix étranglée, il déclare :

– C'est pour ça qu'elle a tué Benjamin.

Sa femme, qui n'a pas ouvert la bouche depuis qu'il a commencé à parler, murmure en lançant à Antonin Armagnac un regard implorant :

– Ce n'est pas vrai, monsieur. Catherine n'a pas fait cela.

– Racontez-moi, répond doucement A. A. en se tournant vers elle, mais en prenant le bras de son mari qu'il tapote affectueusement, comme quand on veut consoler un enfant.

– Après ce jour où elle a perdu sa poupée sur cette île maudite, dit Élisabeth Morin, Catherine est devenue méchante avec son petit frère. Elle ne pouvait pas passer à côté de lui sans lui écraser les orteils avec son talon. Ou alors, elle lui donnait un coup de pied dans le tibia, lui tirait les cheveux, le pinçait, le mordait. On aurait dit qu'elle lui en voulait, comme si c'était à cause de lui qu'elle avait perdu sa poupée.

Dès que sa mère s'est mise à parler, Catherine a fermé les yeux, un imperceptible sourire au coin des lèvres, comme si elle écoutait une belle musique.

– Charles dit que Catherine a poussé Benjamin dans le cratère de la montagne Pelée. Mais ce n'est pas vrai. En vérité, la sorcière du volcan nous l'a pris.

À cet instant précis, malgré la compassion qu'ils ressentent, Tila et Antonin Armagnac pensent la même chose : ces trois-là sont fous ! Le dur soleil des Antilles a dû taper sur leur pauvre tête déjà malmenée par les malheurs…

– Qui est la sorcière du volcan ? lance Tila avec un sourire figé.

– C'est une de ces bonnes femmes qui habitaient ici avant qu'on vienne, nous les Français.

– Vous voulez dire : les Kalinagos ?

– Les quoi ? demande Élisabeth, les yeux ronds.

– Les Indiens caraïbes, précise Antonin Armagnac.

– Oui, c'est ça… ces sauvages…, fait la dame d'un air dédaigneux. Quand on est arrivés dans ce village, il y en avait encore quelques-uns qui vivaient par là. N'ayant trouvé personne de mieux, j'avais réussi à en convaincre une de venir ici pour s'occuper de Catherine et de Benjamin pendant qu'on construisait le magasin. Au début, j'étais méfiante, je la tenais à l'œil. Mais, avec le temps, j'ai baissé la garde. Les enfants l'aimaient bien. Un jour, elle a dit qu'elle voulait les emmener dans son village, du côté est de la montagne. D'abord, j'ai dit non, mais Catherine et Benjamin ont tellement insisté que j'ai fini par accepter. J'ai eu le malheur de les laisser partir avec elle. Catherine est revenue toute seule. Enfin, pas toute seule… Elle est revenue avec cette sauvagesse qui m'a expliqué, tant bien que mal, si j'ai bien compris, qu'ils étaient montés en haut du volcan, que Benjamin s'était trop approché du cratère, malgré ses cris pour le faire revenir, et qu'il était tombé dedans. On n'a jamais retrouvé son corps. Elle a menti! C'est la sorcière du volcan qui l'a volé!

Depuis qu'il est arrivé ici, Antonin Armagnac a agi en toute bonne foi et en toute bonne conscience, sans songer une seconde à ce que lui a dit Tila au sujet de Catherine et du petit roi Crétin – histoire, soit dit en passant, qu'il trouve aussi farfelue que celle que vient de raconter Élisabeth Morin. Cependant, à ce moment précis du récit de cette dernière, il comprend qu'il ne peut rien faire, maintenant, pour ces gens. Charles Morin *veut* croire que sa fille a tué son fils, alors que sa femme *veut* croire que c'est « la sorcière du volcan » qui l'a pris. Il est impossible, pour l'instant, de savoir lequel dit la vérité, en admettant encore que l'un d'eux le fasse. Une seule chose est sûre : des trois malheureux qui sont là, la personne qui a le plus besoin d'aide est Catherine.

C'est ainsi qu'Antonin Armagnac, « médecin du corps et de l'âme », en vient tout naturellement à cette conclusion qu'il énonce à voix basse après avoir regardé tour à tour Charles et Élisabeth Morin dans le blanc des yeux :

– Il n'y a qu'une chose qui puisse apaiser les gens qui souffrent; c'est la vérité. Dans votre cas, Catherine est la seule personne qui la connaisse, cette vérité, mais elle ne peut pas vous la dire. Elle n'arrive pas à recoller les morceaux, les siens autant que les vôtres, car elle voit, ou sent, le profond conflit qu'il y a entre vous. Alors, si vous voulez sauver votre fille, tout comme votre couple et chacun de vous, vous devez la laisser partir. Sinon vous allez exploser tous les trois. Si elle part avec nous, Catherine trouvera tout ce dont elle a besoin: l'instruction, car je suis professeur en plus d'être médecin; l'amitié que pourront lui donner des gens de son âge comme Tila et d'autres jeunes qui sont avec nous sur le bateau; un quotidien de voyage et de découverte qui ramènera son esprit à des choses concrètes, à la vie. Je vous promets de vous la ramener dès qu'elle ira mieux.

Charles et Élisabeth ouvrent la bouche pour parler, mais Antonin Armagnac ne leur en laisse pas le temps:

– Dites-moi, Charles, dites-moi, Élisabeth, y a-t-il encore un repas, une soirée où vous ne parlez pas de ça?

L'homme et la femme se regardent, les lèvres scellées tout à coup, prenant conscience de l'ampleur du conflit qui, en effet, les oppose, les rend fous jour après jour.

Un hurlement, soudain, leur fait tourner la tête.

– Domino ! crie leur fille.

Le chien de Tila et le chat de Catherine ont décidé, semble-t-il, de mettre un terme à cette sérieuse et triste discussion. Cependant, contre toute attente, lorsque le petit chien blanc rattrape le gros chat tigré et lui saute dessus, ils roulent tous les deux dans l'herbe et se mettent à jouer comme deux vieux camarades. Alors, Tila et Catherine, qui ont eu très peur que leurs animaux ne se fassent mal en se battant, se regardent en riant de soulagement. Antonin Armagnac, profitant de la diversion, se lève et lance sur un ton autoritaire :

– Catherine, va chercher tes affaires. On y va !

Tout s'est fait si vite que Tila n'en revient pas! Les yeux soudain brillants, Catherine a hoché la tête en fixant Antonin Armagnac, l'a hochée de nouveau en regardant son père et sa mère, puis s'est levée avec une surprenante énergie pour se diriger vers la maison dont elle est ressortie, quelques minutes plus tard, avec une petite valise, le chat Domino la suivant comme un petit chien. Toujours muette, elle a serré sa mère, en larmes, dans ses bras et a salué son père, en larmes aussi, d'un signe de tête. Eux non plus n'ont pas dit un mot. Ils savent, même si cela fait très mal, que c'est la meilleure solution pour leur fille et pour eux, qu'elle doit se construire et eux se reconstruire, qu'ils ne peuvent le faire ensemble. Ils étaient tous les trois au bord de la folie, presque au point de non-retour.

Cependant, malgré sa joie d'avoir si facilement accompli sa mission, Tila est mal à l'aise. Elle ne cesse de penser à ce que lui a dit Aya avant son départ: «Tu as en toi des pouvoirs que tu ne soupçonnes même pas.» Est-ce elle qui a provoqué tout cela? Le désespoir de ces gens, l'incendie du magasin à ce moment précis… Cette pensée lui donne froid dans le dos.

– Mais où est-ce que vous étiez?

Tirée de ses réflexions par la voix furibonde qui vient de poser cette question, Tila lève la tête pour voir Pierre Jean qui gesticule à côté de la charrette, rouge de colère.

– Ils sont tous fous! s'exclame-t-il, s'adressant à une bonne dame qui s'est arrêtée là pour regarder le magasin brûler et qui ne lui a rien demandé. Ils partent tous chacun de leur côté sans rien dire et, moi, je reste planté là comme un poireau à les attendre! C'est pourtant *eux* qui m'ont demandé de venir!

La femme hausse les épaules d'un air impuissant, puis s'éloigne de quelques pas pour lui signifier qu'elle ne peut rien faire pour lui.

– Où sont mon oncle et Mouche? demande Tila au capitaine temporaire en jetant un regard circulaire autour d'elle, sans se soucier de ses récriminations.

– Qu'est-ce que j'en sais, moi?! aboie-t-il. Ils sont partis, c'est tout ce que je sais! Si tu crois qu'ils m'ont dit quelque chose! Non! Aussi mal élevés que toi et le sieur Armagnac!

Ton oncle est descendu de la charrette sans dire un mot, même pas à l'autre.

Pierre Jean fait une grimace de dégoût. Quand il parle de Mouche, il dit toujours «l'autre», comme si le simple fait de prononcer son nom risquait de lui donner des boutons.

– Kalidou est devenu nerveux comme s'il avait vu le diable en personne, continue-t-il. Ensuite, il a sauté en bas de la charrette. L'autre a attendu un peu, puis elle est partie derrière lui comme la rate qu'elle est. Elle, avant de partir, elle a juste dit, tout doucement: «À plus, Tempo!» J'ai bien compris, à voir comment elle a fait ça, qu'elle voulait le suivre sans qu'il la voie. Ça montre bien à quel point cette créature est sournoise et vicieuse!

Tila revoit la mine triste et soucieuse qu'affiche Kalidou depuis leur arrivée en Martinique, et tout particulièrement au Prêcheur. Pas une seule fois, depuis hier, elle n'a eu le temps de lui parler seule à seul. Cependant, à cet instant précis, elle s'en veut de ne pas l'avoir pris, ce temps, car elle prend conscience tout à coup de ce que son oncle ressent alors que le chemin de sa vie le ramène sur cette île où une destinée aussi étrange que cruelle l'a fait naître. Elle réalise que l'homme souriant, plein de joie de vivre qu'elle a toujours vu en Kalidou a une autre face qu'elle ne connaît pas.

Comprenant d'instinct la gravité de la situation, Tila essaie d'amadouer Pierre Jean :

– Tu sais comment c'est, Pierre…, lui dit-elle avec un sourire angélique, plein de contrition. Des fois, on veut faire quelque chose… et puis, on fait autre chose. C'est comme si nos pieds allaient plus vite que notre cerveau. Et après, on se dit : « Tiens, pourquoi je n'ai pas dit ci ou ça ? ! » Tu comprends ?

– Ce que je comprends, c'est que tu me prends pour un idiot ! Demande-moi ce que tu veux savoir au lieu de me faire ton baratin !

Tila sourit et lance :

– Par où ils sont partis ?

– Par là, fait Pierre Jean en pointant le doigt vers l'avant.

– Ça fait longtemps ?

– Non, pas très.

Ensuite, l'homme regarde Catherine, qui est restée prudemment en arrière avec un Antonin Armagnac devenu aussi muet qu'elle, et demande :

– Qui c'est encore, cette fille ?

– Notre nouvelle passagère, répond Tila.

– Tu cherches vraiment la mutinerie, toi ! grogne Pierre Jean en levant les yeux au ciel.

On voit bien que tu ne les as jamais vus déchaînés, les lascars qui sont sur ton bateau. Attends un peu qu'ils te fassent une démonstration, tu vas comprendre ! Et surtout ne compte pas sur moi pour venir te défendre !

– Nous ne nous attendions pas à autre chose de la part d'un lâche comme toi, intervient Antonin Armagnac sur un ton méprisant. Mais nous avons assez perdu de temps en bavardage inutile. Nous devons retrouver Kalidou et Mouche au plus vite. Ça ne me dit rien de bon, que Kalidou soit parti comme ça. Ce n'est pas le genre de personne insensée qui agit sans réfléchir. Nous devons être dans le coin où se trouve la plantation dans laquelle il vivait avec ta mère, Tila. Qu'est-ce que tu en penses ? Il a sûrement vu quelqu'un qu'il connaissait.

– C'est exactement ce que j'étais en train de me dire, réplique Tila. Où est Ferdinand ?

– Il est entré dans cette taverne, répond Pierre Jean d'un air pincé, visiblement vexé par ce que vient de lui dire Antonin Armagnac.

Aussitôt, ce dernier tourne la tête vers l'établissement qui, d'après la pancarte clouée au-dessus de la porte, s'appelle le Prêcheur péteur. Ayant suivi son regard, Tila lit deux fois l'inscription, les sourcils froncés, pour être sûre qu'elle a bien compris. Elle n'en croit pas ses yeux. Pourtant, oui, c'est exactement ce qui est écrit. La réaction d'Antonin Armagnac le lui confirme : il rit tellement qu'on pourrait compter ses caries.

Le village du Prêcheur a été nommé ainsi en raison d'un **rocher** situé juste en face, dans la baie, et qui a la forme d'un prédicateur en chaire. Le patron de la taverne, ancien flibustier et farouche anticlérical qui vit en concubinage avec une Kalinago, affirme pour sa part à qui veut l'entendre que ce n'est pas un prêcheur qui prêche, mais un prêcheur qui pète.

Pendant qu'Antonin Armagnac va chercher le conducteur de la charrette, Tila invite Catherine à prendre place à côté d'elle. La jeune Française monte maladroitement dans la charrette et s'assoit près d'elle, sans dire un mot, sans la regarder. À leurs pieds, Anatole et Domino se collent l'un contre l'autre, sous le regard étonné de Pierre Jean qui n'a jamais vu un chien et un chat faire si bon ménage, du moins si rapidement.

D'une voix douce pour ne pas effaroucher davantage Catherine, Tila se met à raconter :

— Ma mère s'appelle Aïsha, et son frère, Kalidou. Ils sont jumeaux. Leur mère est morte en les mettant au monde. Elle était

---

Aujourd'hui, ce **rocher** est immergé.

esclave dans une plantation qui doit se trouver dans le coin. On l'avait volée dans son village, en Afrique, pour l'amener ici. Elle, son nom, c'était Nilaja. J'aime dire ce nom : Nilaja. C'est joli. Ça fait quelque chose de doux dans mon cœur. C'est comme ça que je la vois, douce et jolie. Comme ma mère. Ma mère et son frère se sont retrouvés orphelins dès la naissance. Mon oncle a commencé à travailler dans les champs de canne à sucre quand il était tout petit. Maman a eu plus de chance, si on peut dire. Elle a été élevée par la gouvernante blanche qui s'occupait des enfants des maîtres, et qui l'aimait beaucoup, alors elle était plus vieille quand on l'a obligée à travailler. Peut-être dix ans. Elle n'a jamais voulu me le dire exactement.

Tila regarde Catherine qui, elle, ne la regarde toujours pas, mais qui l'écoute attentivement, comme en témoigne le mouvement de ses sourcils.

– Tu sais, Catherine, je ne sais pas quoi penser des Blancs, poursuit-elle. Regarde ma peau, elle est moitié blanche. Mais quand je pense à ce qu'ont vécu ma grand-mère, ma mère et mon oncle, à ce que vivent encore tant d'autres personnes, je les déteste. Comment est-ce qu'on peut aller prendre des gens sur une terre pour les amener sur une autre terre, très loin, dans des conditions épouvantables en plus, et puis les obliger à travailler du matin au soir comme des bêtes? Comment est-ce qu'on peut les arracher à leurs familles, à leurs amis, sans leur demander leur avis, sans même penser qu'ils en ont un, avis? Ce sont des questions que je me pose tous les jours. Et j'ai beau tourner et retourner les réponses dans ma tête, il n'y a que des vilains mots qui me viennent à l'esprit: ignoble, dégueulasse, inhumain!

Pierre Jean baisse la tête, mal à l'aise. Au grand étonnement de Tila, des larmes coulent sur les joues de Catherine qui garde les yeux rivés sur un point invisible, quelque part au-dessus des chevaux.

— Ma mère m'a toujours appris à ne pas mettre tout le monde dans le même panier, à ne pas classer d'emblée dans une catégorie une personne que je ne connais pas, même si elle fait des choses que je ne comprends pas. Mon père est Blanc. Mais, jusqu'à tout récemment, je n'avais jamais parlé avec un Blanc. Alors, je fais ce que ma mère me dit toujours de faire: j'écoute, je regarde ce qui se passe autour de moi pour me faire ma propre idée. Mais, pour revenir à ma mère et à mon oncle, ils étaient tous les deux de très jeunes esclaves. Et puis, un jour, ils se sont échappés de la plantation. J'ai l'impression qu'il s'est passé quelque chose, ce jour-là. Je veux dire : quelque chose d'encore plus grave, de plus répugnant que ce qu'ils vivaient tous les jours. Je ne sais pas. Ils n'ont jamais voulu me dire exactement, alors je ne sais pas…

Le regard perdu au loin sur la mer, Tila a un air douloureux. Une vague d'émotion l'envahit lorsqu'elle sent la petite main de Catherine, toute chaude, prendre la sienne et la serrer. À son tour, elle serre ses doigts frêles, et, le visage soudain apaisé, poursuit son récit :

– Je te passe les détails, mais ils ont échoué sur une plage de la Dominique, dans un village de Kalinagos où un vieux couple les a adoptés. Ils avaient à peu près treize ans. Trois ans plus tard, un bateau est arrivé dans la baie. C'étaient des pirates, et le capitaine, c'était Marc Lataste, mon père. Ils sont restés là le temps de remettre leur bateau en état, le temps que Marc et Aïsha s'aiment et unissent leurs corps pour faire le mien, et puis, un beau matin, ils sont repartis comme ils étaient venus. Et on n'a plus jamais entendu parler d'eux… du moins jusqu'à la semaine dernière. Il y a un autre bateau qui est arrivé et le capitaine m'a annoncé…

– Temporaire ! précise Pierre Jean sur un ton hargneux. Le capitaine temporaire !

– Ah oui, c'est vrai! Le capitaine tempo-raire, reprend Tila en souriant, c'est-à-dire le gentil monsieur qui est assis en face de nous en ce moment, m'a annoncé que ce bateau appartenait à mon oncle, Joseph, le frère de Marc, qui me l'a légué à sa mort. Incroyable, non?

Elle tourne les yeux vers Catherine. Celle-ci regarde toujours droit devant elle, mais hoche la tête en signe d'acquiescement.

– Ne t'étonne pas si…

Tila n'a pas le temps de finir sa phrase. Elle est interrompue par des cris qui viennent de la taverne.

– Lâche-le, fils de chienne! Fumier! Ordure! Je te dis de le lâcher! hurle d'une voix aiguë une blonde entre deux âges, maigre comme un clou.

Elle vient de sortir du Prêcheur péteur avec Antonin Armagnac et le propriétaire de la charrette. Ses mots sont adressés au premier qui tient le second par le collet en lui bottant le derrière. Ferdinand crie comme un cochon qui vient de comprendre qu'on veut le transformer en saucissons. Ce remue-ménage attire l'attention des gens qui sont encore sur la place, en train de regarder les flammes finissant de dévorer le magasin. Certains s'approchent, Simone en tête.

– On t'a payé pour nous conduire, fulmine Antonin Armagnac, pas pour t'arsouiller dans une taverne en pelotant une blondasse rachitique et même pas propre!

Comme il fallait s'en douter, la «blondasse rachitique et même pas propre» se déchaîne en entendant pareille enfilade de compliments, crachant des insultes si grossières qu'il est impossible de les rapporter ici.

– Je le savais! Je le savais! s'exclame Simone, l'œil furibond et le poing prêt à aller s'écraser sur le museau de l'incorrigible séducteur qui, pris en flagrant délit, ne trouve plus rien à dire.

– Elle savait quoi, la grosse poufiasse? demande la blonde à Ferdinand dont la tête s'enfonce plus encore dans les épaules.

Avant que la situation ne dégénère, Antonin Armagnac pousse le conducteur vers l'avant. Comme s'il avait tout à coup le feu aux fesses, Ferdinand grimpe d'un bond sur sa charrette. Alors que les deux chevaux, fouettés par leur maître, font un départ qui leur rappelle leur lointaine jeunesse, A. A. crie, hilare:

– Taïaut! Taïaut! Taïaut!

Au moins, cette réunion sur la place aura pris fin sur une note joyeuse, car tout le monde rit, à part bien sûr les deux dames qui continuent de se crêper le chignon. Même Catherine a un vague sourire sur les lèvres.

Les occupants de la charrette retrouvent vite leur sérieux, car, malgré cet intermède amusant, le moment est grave. Alors que le véhicule, filant à fond de train, quitte la place du village, Tila et Antonin Armagnac regardent Catherine. Elle ne tourne pas la tête vers la maison de ses parents. Cependant, ses yeux sont pleins d'eau. Il y a sur ses traits une grande peine, mais, en même temps, dans son regard, une petite lumière révèle un certain soulagement.

Ferdinand a tout de suite suivi la direction que lui a indiquée Antonin Armagnac, celle qu'a prise Kalidou. Mais, bientôt, il s'arrête à une fourche, ne sachant s'il doit aller à gauche ou à droite. Alors, au grand étonnement de Tila et de A. A., Catherine tend le bras vers la droite pour leur faire comprendre que c'est le bon chemin. De toute évidence, elle a une idée de l'endroit où Kalidou a pu aller.

Tila n'est pas au bout de ses surprises. Tandis que la charrette s'engage sur la route de terre qui part vers les contreforts de la montagne Pelée, Catherine plante son regard dans le sien et lui fait un signe étrange : elle plaque sa main gauche sur ses deux yeux et pose la droite sur son cœur en faisant une grimace de douleur. Surprise, Tila se demande ce qu'elle veut dire et pourquoi, justement, elle ne le dit pas avec sa bouche. « Quand on peut dire "Domino", raisonne-t-elle de façon plutôt logique, on peut dire n'importe quoi. »

La route de terre se rétrécit un peu, devenant une allée bordée de **flamboyants**. Au fond, un terrain bien entretenu, orné de bougainvilliers et d'hibiscus aux couleurs vives, montre qu'on approche d'une habitation. Bientôt, à droite, derrière une haie, apparaît un immense champ de canne à sucre. Il faut quelques secondes à Tila pour rassembler les divers éléments de la scène qui s'offre alors à sa vue, pour en faire un tout cohérent dans sa tête et en réaliser l'horreur. Elle comprend soudain le message de Catherine : « Ferme tes yeux, sinon tu vas avoir mal au cœur. »

Alignés en rangs serrés, des dizaines d'esclaves avancent péniblement dans

---

Les **flamboyants** sont de grands arbres à fleurs rouge vif.

l'épaisse végétation constituée de plantes au moins deux fois plus hautes qu'eux. Ruisselants de sueur dans leurs haillons de coton, ils coupent les tiges des cannes à sucre en plusieurs morceaux, exécutant pour ce faire des mouvements rapides du poignet dans un sens puis dans l'autre. Au même rythme effréné, les ramasseurs les suivent. Comme leur nom l'indique, ils ramassent les tronçons de cannes et les lient par dizaines pour en faire des paquets.

Derrière encore, il y a des Blancs... des Blancs pareils à ceux de l'horrible image que Tila a toujours eue dans la tête, des Blancs avec des fouets qui claquent sur la peau noire des êtres qu'ils considèrent comme des bêtes. Et Catherine avait raison : ça fait mal ! Si mal que la Métisse en pleure, autant de chagrin que de rage.

La charrette, dont le conducteur a peut-être senti la nécessité d'accélérer un peu la cadence, l'arrache cependant à ce triste spectacle, car elle l'amène devant une belle et grande maison qui, construite au sommet d'un petit morne, surplombe le domaine. Écœurée, au bord de la nausée, la jeune fille regarde les jalousies qui percent les murs, l'immense galerie entourant cette bâtisse qui pue le luxe dans la misère environnante.

Une fillette noire, habillée tout en blanc, est en train de balayer la galerie. Elle s'arrête et s'appuie sur son balai pour regarder Tila avec de grands yeux étonnés, car ses vêtements, son attitude, le fait qu'elle soit dans cette charrette avec ces gens, sans entraves, tout lui montre qu'elle n'est pas comme elle, comme les autres, ceux qu'elle voit tous les jours. Une femme noire sort de la maison, portant aussi des vêtements blancs, avec en plus une coiffe.

– Continue à balayer, Malaïka, dit-elle à l'enfant d'une voix douce, sinon elle va encore te frapper.

L'enfant tourne de nouveau ses grands yeux tristes vers Tila, lui sourit timidement, puis reprend son travail tandis que la femme rentre dans la maison, sans même accorder un regard à la charrette qui s'est arrêtée sur le terre-plein.

Retournée, frissonnante, Tila observe tout ce qui l'entoure d'un œil hagard. Elle est en état de choc.

Est-ce ici qu'Aïsha et Kalidou sont nés et ont grandi?

Un cri la tire de ses réflexions. Il semble provenir des alentours des vétustes habitations qu'on distingue là-bas, derrière une rangée d'arbres et de buissons. Tila devine que c'est là que vivent les esclaves. Elle a raison; il s'agit en effet des « cases-nègres », comme on dit ici, construites assez loin de la maison des maîtres pour que ceux-ci ne soient pas incommodés par leur mauvaise odeur. Avec leurs toits de roseaux et leurs murs de bambou, ces frêles abris accueillent, le soir, les esclaves harassés qui viennent s'y entasser pour dormir quelques heures, avant de commencer une autre journée exténuante de travail, toujours la même, du lever au coucher du soleil.

Après avoir lancé un dernier regard à Malaïka, Tila saute de la voiture, encore une fois suivie par Antonin Armagnac qui, avant de s'éloigner, dit doucement à Ferdinand :

— Essaie de mettre ta charrette sous ces arbres, juste là, le plus doucement que tu peux pour ne pas attirer l'attention.

Puis il se tourne vers Pierre Jean et Catherine, et leur lance, toujours à voix basse :

— Ne bougez pas d'ici, que nous soyons prêts à repartir le plus vite possible si jamais il y a du grabuge.

Les deux hommes et l'adolescente hochent la tête d'un air grave. Antonin Armagnac rejoint Tila qui a déjà commencé à longer la barrière de végétation, se cachant derrière les arbres et les buissons, allant discrètement de l'un à l'autre, de façon à voir sans être vue. Alors qu'ils s'approchent des cases des esclaves, ils entendent une vieille femme dire d'une voix suppliante :

— Je t'en conjure, mon enfant, ne le tue pas. Je sais qu'il vous a fait beaucoup de mal, à vous comme à tant d'autres, mais ne le tue pas. Si tu le fais, c'est toi qui iras en enfer, alors que lui seul le mérite.

Une autre voix intervient, plus jeune mais tout aussi implorante, que Tila reconnaît tout de suite comme étant celle de Mouche :

— Ne le tue pas, Kalidou ! Cette ordure ne mérite pas que tu perdes ta liberté ou ta vie. La mort est encore trop douce pour lui. Laisse la vie lui faire payer ce qu'il a fait et fait encore.

— J'ai trop attendu ce moment, répond Kalidou d'une voix étranglée par la rage. J'étais trop jeune à l'époque pour lui régler son compte. Je voulais avant tout mettre Aïsha à l'abri. Mais, aujourd'hui, Aïsha n'est plus ici et je ne suis plus un enfant. Maintenant, je regarde ce sale type, et je sens en moi la même haine que celle que j'ai sentie le jour où je suis rentré dans l'appentis et où je l'ai vu déchirer les vêtements d'Aïsha qui se débattait en pleurant. J'étais tellement furieux que je l'ai frappé avec le manche de la pelle que j'avais dans les mains. Et puis, j'ai pris Aïsha par la main et on a couru, couru, couru sans regarder derrière.

Le jeune homme grimace de douleur en se rappelant cet affreux souvenir. Les mots qu'il vient de prononcer sont entrés dans le cœur de Tila comme autant de flèches. Ainsi, c'est bien ce qu'elle a toujours pensé : quelque chose de plus que leur misérable vie quotidienne avait poussé Aïsha et Kalidou à s'enfuir. Ce vieux dégoûtant avait essayé d'abuser de la toute jeune fille qu'était alors sa mère.

– Oh oui ! je vais le tuer, ce salopard ! conclut Kalidou, les yeux injectés de sang, fou de douleur et de colère.

Il lève la machette qu'il tient dans la main avec la ferme intention de la rabattre sur le cou du sexagénaire bedonnant qui se trouve en dessous de lui dans une position plutôt grotesque. Le « maître » est presque à quatre pattes, ainsi qu'il est tombé quand son ancien esclave s'est jeté sur lui et l'a plaqué contre le sol. Sur le coup, aussi surpris qu'effrayé, il a poussé un cri. Et puis, plus rien. La peur le paralyse, l'empêche de prononcer un seul mot, d'émettre un seul son. Ayant posé un genou sur son dos pour l'empêcher de se relever, Kalidou sent les tremblements qui secouent son corps.

– Lâche cette arme ! crie soudain un homme qu'on ne voit pas.

L'oncle de Tila tourne la tête vers l'endroit d'où est venu cet ordre. D'entre deux cases surgit un jeune homme grand et mince qui pointe un fusil sur lui. C'est un mulâtre qui semble un peu plus vieux que lui. Kalidou le regarde en fronçant les sourcils de surprise.

— Robert?! fait-il, incrédule.

— Oui, mon vieux, c'est bien moi! dit l'autre, un sourire en coin. Dis donc, tu parles d'une surprise! Depuis le temps, on te croyait mort…

— Qu'est-ce que tu fais là, Robert? Je ne comprends pas… On a grandi ensemble, on a toujours été des amis… et maintenant tu pointes le canon de ce fusil sur moi…

— Ne me fais pas de la peine en me rappelant que j'ai grandi parmi des rats de ton espèce, réplique Robert avec un ricanement méprisant. Notre maître a eu la bonté et la sagesse de reconnaître mes aptitudes et de me nommer commandeur. Toi, tu es né esclave et tu mourras esclave. Tu es en plus un **marron**, et encore assez fou pour revenir ici après toutes ces années. Et comme si ce n'était pas assez, tu veux tuer ton maître!

— Je n'ai pas de maître, déclare dignement Kalidou.

---

Un **marron** est un esclave qui s'est enfui.

– Ah! ah! ah! tu crois ça?! Pauvre idiot! Si tu lui avais laissé ta sœur, tu serais un homme respectable comme moi maintenant. Au lieu de cela, tu vas mourir comme le chien que tu es.

Kalidou n'en croit pas ses yeux ni ses oreilles. Il considérait Robert – fils d'une esclave noire et d'un homme blanc qui, évidemment, n'est jamais venu lui faire risette au-dessus de son berceau – comme son meilleur ami, son frère d'infortune. Il a souvent pensé à lui pendant ces seize années, se demandant ce qu'il était devenu, espérant naïvement le retrouver un jour libre comme lui. Il est vrai que, même enfant, Robert avait un comportement servile qui agaçait Kalidou, mais jamais ce dernier n'aurait pu imaginer que son ami passerait un jour de l'autre côté de la barrière, qu'il serait capable de lever un fouet ou une arme sur l'un de ses frères.

Pour Kalidou, la mort vaut mieux que la trahison. Il ne sait pas que cette pratique consistant à choisir des commandeurs noirs est devenue courante chez les **planteurs**. Il leur suffit de trouver, parmi leurs esclaves, de

---

Les **planteurs** sont les propriétaires des plantations, ou habitations. En Martinique, on les appelle «grands Blancs» par opposition aux «petits Blancs» qui sont de simples colons et qui ne possèdent que quelques lopins de terre.

bons travailleurs qui leur sont dévoués et qui savent se faire obéir. Connaissant les travers et les qualités des gens de leur race, ces commandeurs ne reculent devant rien pour faire exécuter les ordres de leur maître, n'hésitant pas à dénoncer toute tentative de rébellion.

Tila observe la scène de loin, bien cachée derrière un gros arbre en compagnie d'Antonin Armagnac. Inquiets, ils se demandent comment sortir Kalidou de ce mauvais pas. «Mouche va faire quelque chose, songe la Métisse pour se rassurer. Elle va sauter sur ce traître et lui arracher son fusil.» Cependant, Mouche a l'air aussi pétrifiée qu'eux, plantée à côté de la vieille femme qui a parlé à Kalidou, un instant plus tôt. «Allez, vas-y, Mouche! dit Tila dans sa tête en la fixant intensément, comme si ses mots pouvaient passer par son regard pour rentrer dans la tête de la jeune fille. Vas-y! Rentre-lui dedans, à ce fumier!»

Mais c'est déjà trop tard, car d'autres hommes, blancs ceux-là, sortent à leur tour d'entre les cases et viennent se ranger derrière Robert, armés eux aussi de fusils. Kalidou en reconnaît quelques-uns, même si leurs visages se sont creusés, ridés. Ce sont des surveillants, ceux qui, à la moindre faute, à la moindre inattention, prennent un plaisir sadique à lacérer la peau des esclaves avec les lanières de cuir de leurs **rigoises**. Le jeune homme a reçu tellement de coups qu'il sent encore leur brûlure sur ses épaules, son dos et ses bras, mais, surtout, il sent encore l'humiliation, la haine dans son cœur.

– Lâche cette machette, répète Robert, et laisse notre maître se relever.

– *Ton* maître, grogne Kalidou entre ses dents.

Lentement, il enlève son genou du dos d'Eugène Leroux. Celui-ci se relève avec difficulté, ayant visiblement du mal à déplier ses jambes. L'ancien esclave écarte son bras de son corps comme s'il allait lâcher son arme qu'il semble ne plus tenir que du bout des doigts. Cependant, au moment précis où le vieux Blanc se redresse complètement, Kalidou reprend la machette d'un geste vif dans la paume de sa main. À la vitesse de l'éclair, il passe son bras, par-derrière, autour du cou du propriétaire de la plantation et le tire contre lui pour s'en servir de bouclier.

– Pas mal! Je vois que tu es toujours aussi habile et rusé, le félicite Robert, un sourire narquois sur les lèvres. Dommage que tes amies ne le soient pas autant! ajoute-t-il en

---

Une **rigoise** est un fouet.

tournant son arme vers Mouche et la gouvernante, aussitôt imité par ses compagnons. Si tu ne lâches pas tout de suite monsieur Leroux, je les tuerai l'une après l'autre, la jeune et puis la vieille. Qu'est-ce que tu en dis?

Kalidou tourne la tête vers les deux femmes que, dans le feu de l'action, il avait carrément oubliées. Tout son corps se crispe. Il ferme les yeux, prend une grande respiration, puis lâche à la fois le vieux planteur et la machette qui tombe par terre. Robert ricane de plus belle. Eugène Leroux se frotte le cou et passe sa main sur ses vêtements pleins de poussière. Sans même le regarder, il s'éloigne de Kalidou.

– Qu'on le tue à petit feu! lance-t-il au commandeur d'une voix hargneuse. Et que ça fasse bien mal pour que ça serve d'exemple aux autres! Je suis sûr que c'est lui qui a empoisonné mes chiens, hier. Sûrement avec la complicité de cette vieille salope qui a dit que je mérite d'aller en enfer, alors que je suis un bon chrétien au service de la France et de la très sainte Église catholique. J'ai toujours vu qu'elle désapprouvait ma façon de traiter *mes* nègres. Mais au moins, jusqu'à présent, elle avait eu la sagesse, ou la prudence, de ne pas le dire à haute voix. Qu'on la tue aussi! Pour elle, une cartouche suffira. Comme pour celle-là, ajoute-t-il en levant le menton vers Mouche.

Pas de témoin! De toute façon, ils sont tous complices, tous contre moi. Allez! Exécution! Sortez cette racaille de ma vue!

L'homme se frotte les mains, puis le ventre, et murmure:

– Hum! ça m'a donné faim et soif, tout ça!

Maintenant qu'il n'a plus une lame bien aiguisée tout près du cou, Eugène Leroux a repris son habituelle expression suffisante, l'air de celui qui se croit supérieur. Cependant, alors qu'il se tourne pour prendre la direction de sa belle demeure, son visage se fige; il pousse une exclamation de surprise.

Tous les regards, qui étaient rivés sur lui, suivent le sien. On peut lire alors dans chacun d'eux un degré différent d'étonnement: léger chez Kalidou et Mouche qui n'ont jamais vu la jeune fille aux yeux bleus et aux cheveux blonds qui avance d'un pas gracieux sur le chemin, sa robe légère flottant autour d'elle; moyen chez le commandeur et les surveillants qui, sachant qui elle est, se demandent simplement ce qu'elle fait là, toute seule, en plein après-midi, alors qu'ils ne l'ont jamais vue qu'avec ses parents, et que madame Leroux ne donne pas aujourd'hui de leçon de piano; extrême chez Tila, Antonin Armagnac, la vieille gouvernante et le propriétaire de la plantation, surtout quand elle s'arrête devant ce dernier, blême comme s'il avait vu un fantôme, et déclare:

– Vous me voyez ravie, monsieur, de ne pas avoir à vous saluer ainsi que j'y suis obligée chaque fois que je vous vois accompagnée de mes par...

– Tu parles, toi? l'interrompt Eugène Leroux aussitôt que la surprise ne retient plus tout son voulant sortir de sa gorge.

– Oui, monsieur, répond Catherine avec un sourire tranquille. Je viens à l'instant de retrouver l'usage de la parole en voyant votre face de porc. Cela montre à quel point je tenais à vous dire que vous êtes l'être le plus ignoble qu'il m'ait été donné de rencontrer durant ma courte vie, et pourtant Dieu sait si j'en ai vu, des êtres infâmes, depuis que je vis dans ce pays où le pouvoir et l'argent gouvernent les rapports entre les gens. Cela fait, je vous somme de laisser partir sur-le-champ cet homme, cette jeune fille et cette dame. Si vous ne le faites point, soyez assuré que je me ferai un plaisir de raconter, d'abord à mes parents et ensuite en haut lieu, de quelle manière indécente vous vous comportez avec les jeunes filles à qui madame Bénédicte, votre épouse, donne des leçons de piano, toutes les choses honteuses que vous vous êtes permis de faire devant moi en croyant dur comme fer que je ne pourrais jamais les relater. Je suis sûre que le gouverneur et le supérieur des jésuites, que vous recevez régulièrement à votre table dans l'espoir d'obtenir d'eux quelque privilège, adoreront entendre cette histoire croustillante qui alimentera un grand nombre de conversations mondaines ! Qu'en pensez-vous ?

Aussi blanc qu'un œil de poisson grillé, Eugène Leroux ouvre la bouche comme s'il cherchait son air. Il semble à un poil de l'apoplexie. Cependant, si le sang s'est figé dans ses veines, son cerveau, lui, continue de fonctionner à plein régime.

Charles et Élisabeth Morin ne sont pas ses amis. Il les invite à ses réceptions uniquement parce que leur ami Claude de Courtchamp, un ancien dirigeant de la Compagnie des Indes occidentales, est aussi l'ami du gouverneur. Tout à l'heure, quand il est allé au village et qu'il a vu que leur épicerie brûlait, il est allé hypocritement leur serrer la main pour les assurer de sa sympathie. Il sait que ce genre de petits gestes ne coûte rien et peut rapporter beaucoup.

Catherine était là, prostrée sur un banc du jardin, muette, comme il l'avait toujours vue. Eugène Leroux ignore totalement par quel miracle elle se trouve ici, devant lui, en ce moment, parlant comme une fille normale. Mais il est convaincu que ses parents n'en savent rien. La malheureuse, rendue encore plus folle par l'incendie du magasin, aura erré au hasard de la route jusqu'à se retrouver ici. Oui, c'est ça, ça doit être le choc… Tout s'explique. Il a déjà entendu dire qu'une émotion brutale pouvait rendre la parole à une personne qui l'avait perdue.

Les morceaux du casse-tête se mettent en place dans l'esprit d'Eugène Leroux. C'est ainsi qu'il en vient tout naturellement à cette sinistre conclusion : personne ne sait que Catherine Morin est venue ici, et personne ne saura qu'elle n'en est jamais repartie. Qui pourrait le dire ? Certainement pas les trois personnes qu'il vient de condamner à mort, encore moins le commandeur et les surveillants qui se rouleraient dans la boue pour s'attirer ses bonnes grâces.

Dans le silence, Catherine a appris à observer, acquérant une étonnante connaissance des êtres humains. Pour elle, ce mauvais comédien qui n'a jamais joué qu'avec d'autres mauvais comédiens est un livre ouvert. Le voyant jeter un coup d'œil qu'il croit discret à la machette que Kalidou a laissé tomber par terre, elle dit :

– Je suis venue avec des amis que vous ne connaissez pas. Permettez-moi de vous les présenter.

La jeune fille se tourne vers le chemin et appelle d'abord Tila et Antonin Armagnac, ensuite Pierre Jean et Ferdinand qui, comme elle, n'ont pu résister à la tentation de descendre de la charrette et de s'approcher discrètement pour voir ce qui se passait, planqués eux aussi derrière un gros arbre. C'est maintenant au tour de Kalidou et de Mouche d'écarquiller les yeux de stupéfaction en voyant apparaître Tila et ses compagnons. Mais, au moins, ils comprennent enfin qui est cette fille, ainsi que la raison pour laquelle elle défend leur peau avec une telle ardeur. Quant à Robert et aux surveillants, ils ont tous baissé leurs armes, dépassés par les événements.

Meilleure actrice que le vieux planteur, Catherine fait les présentations avec la ferme intention de lui en mettre plein la vue :

– Voici la princesse Tila, fille d'une reine africaine et d'un célèbre flibustier ; le docteur Antonin Armagnac, illustre médecin parisien qui a soigné Louis XIV en personne ; le professeur Pierre Jean, grand scientifique venu aux Antilles pour étudier les volcans, et Ferdinand... Dubuc, riche planteur de Sainte-Lucie.

Eugène Leroux, qui, comme l'a voulu Catherine, est grandement impressionné par ces titres, se contente de hocher la tête, embarrassé. Les choses se compliquent. Il ne peut quand même pas trucider tout ce beau monde! Il est cependant étonné de n'avoir jamais entendu parler de ces gens. Seul ce Ferdinand Dubuc a une tête qui lui dit quelque chose. Il ne connaît pourtant aucun grand Blanc installé à Sainte-Lucie. Où donc l'a-t-il déjà vu? Ce qui est certain, c'est qu'il n'a jamais vu un « riche planteur » aussi pauvrement habillé.

Voulant l'empêcher de trop réfléchir, Catherine poursuit:

– Monsieur Armagnac vient d'arriver de France. Il est mon médecin depuis hier et, comme vous pouvez le constater, il fait de vrais miracles! C'est Claude de Courtchamp qui l'a recommandé à mes parents, ayant entendu parler de son arrivée par le gouverneur lui-même qui connaît son excellente réputation. Tiens, au fait, nous l'avons rencontré sur la route, tout à l'heure, ce cher Claude. Il venait vous rendre visite. Mais quand je lui ai dit ce qui est arrivé au magasin de mes parents, il a décidé d'aller les voir d'abord. Il m'a chargée de vous dire qu'il viendra plus tard.

Baissant la voix, la jeune fille ajoute sur le ton de la confidence :

– Il a dit qu'il a quelque chose d'important à vous annoncer.

Elle secoue la tête d'un air entendu afin de confirmer ses paroles. Celles-ci sont comme un baume sur le cœur d'Eugène Leroux. Il ne se sent plus de joie. Aurait-on fini par l'accepter comme membre du Conseil souverain ?

– Allez ! allez ! dit-il doucement à Catherine sur un ton mielleux et avec un sourire qui pue l'hypocrisie, passons l'éponge sur nos petits différends. Tu oublies mes écarts de conduite et, moi, j'oublie ce qu'ont fait ces deux femmes. Après tout, ce n'est pas si grave. Je me suis un peu emporté... Cela arrive au meilleur des hommes, n'est-ce pas ? Madeleine travaille pour nous depuis si longtemps que je peux bien lui pardonner ces mots qu'elle regrette sûrement déjà. Et puis, mon épouse et mes filles seraient totalement perdues si elle n'était plus là. Quant à cet esclave... je te jure que je le remettrai simplement au travail, sans même le torturer. Je l'ai payé cher ; il doit me rembourser.

– Vous ne l'avez pas payé, lui rappelle l'adolescente, puisqu'il est né ici. Mais, de toute façon, payé ou non, je ne quitterai pas cet endroit sans lui.

Puis elle se tourne vers la gouvernante et lui demande :

– Madeleine, voulez-vous partir avec nous ?

– Si tu savais, mon enfant ! répond la digne dame. J'attends cette occasion depuis trop longtemps pour la laisser passer. J'ai vu ici des choses trop ignominieuses et je connais suffisamment cet homme pour savoir qu'il ne tiendra pas sa parole ; il se vengera d'une manière ou d'une autre. Alors, oui, sans hésiter, je veux partir avec vous.

– Voilà qui confirme ce que je pensais, fait Catherine, s'adressant de nouveau à Eugène Leroux. Ainsi, ils partent tous les trois avec moi. Et si vous me permettez de vous donner un bon conseil, laissez-moi vous dire qu'il vaudrait mieux que nous ayons réglé cette affaire avant que Claude de Courtchamp n'arrive. Il serait regrettable que tombent dans ses oreilles des paroles qu'il ne devrait point entendre, n'est-ce pas ?

Eugène Leroux ouvre la bouche, la referme. Qu'y a-t-il à dire de plus ? Il fait de gros efforts pour ne pas le laisser paraître, mais il bout de rage. Il a le couteau sous la gorge et, ce couteau, c'est une gamine qui le tient. La petite Morin lui a fait perdre la face devant au moins douze personnes : ses hommes, ce sale esclave qui a disparu dans la nature avec sa sœur, une quinzaine d'années plus tôt, et qui n'est revenu que pour essayer de le tuer, cette vieille bique de gouvernante, qui n'a même jamais voulu lui accorder ses faveurs à l'époque où elle était jeune et pimpante, et puis ces gens qui possèdent de si prestigieux titres – même le médecin du roi de France, imaginez un peu !

Catherine ne se laisse pas émouvoir par son désarroi. En prenant le bras gauche de Mouche et le bras droit de Madeleine, elle lance :

– Nous n'allons pas déranger plus long-temps monsieur Leroux, car il doit se préparer pour accueillir monsieur de Courtchamp qui ne devrait plus tarder à arriver.

En faisant un sourire à Tila et à Antonin Armagnac, elle ajoute :

– Allez, les amis, on y va !

Avant de la suivre, Kalidou toise le vieux planteur de toute sa hauteur et crache entre ses dents :

– Je te jure qu'on se reverra, chien sale !

Puis il s'éloigne en grommelant à son intention un chapelet d'insultes en créole :

– **Gajé** ! *Malpwop* ! *Mizérab* ! *Asazinè* ! *Ipokrit* !

---

Un **gajé** est une personne qui a signé un pacte avec le diable. Kalidou dit ensuite : « Malpropre ! Misérable ! Assassin ! Hypocrite ! »

– Vous êtes sûre que vous ne voulez pas prendre vos affaires ? demande Antonin Armagnac à Madeleine avant de remonter dans la charrette.

– Non, monsieur Armagnac, répond-elle tristement. Si vous n'étiez pas arrivés avec Catherine, je serais morte maintenant. Ces babioles que j'ai accumulées dans ma chambre n'auraient plus aucune importance. Dieu m'a laissé la vie. C'est le plus important. Je veux juste partir d'ici rapidement, sans regarder derrière ni prendre des objets qui pourraient me rappeler cet endroit. Je n'ai rien d'autre qu'un vieux cœur qui a trop aimé et trop souffert, monsieur. C'est mon seul bagage et il nous reste une ultime mission à accomplir...

Les yeux de la gouvernante se remplissent de larmes alors qu'elle regarde une dernière fois cette maison où elle a vécu pendant plus de trente ans. Elle pense à tous ces enfants qui ont été sa raison de vivre. Une, cependant, a été plus importante que les autres : Aïsha. C'était sa «pitchoune», comme elle l'appelait. Elle ne l'a jamais oubliée. Quand elle a vu Tila, Madeleine a éprouvé une immense joie. Elle a compris qu'Aïsha vit toujours, car en plus de lui ressembler beaucoup physiquement, sa fille a les mêmes expressions, la même façon de bouger, preuve qu'elle la voit souvent. «Alors, j'ai encore le temps ! s'est-elle dit avec bonheur. Merci, Seigneur, de m'avoir donné une deuxième chance !»

Au moment où la charrette se met en branle, la petite Malaïka sort en courant de la maison. Madeleine pleure de plus belle en la voyant. Tila a aussi le cœur gros comme une pastèque. Elle voudrait descendre pour aller chercher la petite fille. Mais non, il ne faut pas. Chaque chose en son temps. Maintenant, il faut partir au plus vite avant qu'Eugène Leroux ne se rende compte que Catherine l'a magistralement mené en bateau. «Je reviendrai, Malaïka ! crie-t-elle en son for intérieur. Je te jure que je reviendrai !»

Quand le véhicule passe à côté du champ de canne, la gouvernante soupire :

– Au moins, je n'aurai plus à voir ces abominations jour après jour !

Maintenant que la voiture roule sur la route, tous les regards se tournent vers

Catherine à qui Mouche, Kalidou et Madeleine doivent une fière chandelle. Elle a fait preuve d'une présence d'esprit et d'un aplomb impressionnants. Tila et Antonin Armagnac se posent toutefois la même question : comment une fille qui n'a rien dit d'autre, depuis trois ans, que « Domino » peut-elle se remettre à parler subitement, et par-dessus le marché avec une telle verve, une telle aisance ?

Manifestement, ce n'est pas Catherine qui pourra répondre à leur interrogation, du moins pour l'instant, car ils constatent avec effarement qu'elle affiche cet air absent qui montre qu'elle s'est de nouveau enfermée dans le mutisme. Kalidou et Mouche la regardent sans comprendre, se demandant pourquoi ses yeux, si vifs un moment plus tôt, sont maintenant vides.

– Laissez-la, leur souffle Tila. Je vous expliquerai plus tard.

Le visage empreint d'une immense tristesse, Catherine fixe le filet de fumée qui s'élève encore au-dessus du Prêcheur. Mais c'est plus loin, à peu près à mi-chemin entre ce village et Saint-Pierre, que les larmes se remettent à couler sur ses joues alors qu'elle regarde, à gauche de la route, un morne qui a une forme étrange. Il s'agit d'un énorme rocher aux parois verticales qui ressemble à un cercueil, entouré et surmonté d'une épaisse végétation.

– On appelle cet endroit « **le Coffre à mort** », explique Madeleine, tout bas, à Tila. Quand les colons français sont arrivés, à partir de 1635, ils se sont installés à Saint-Pierre où ils ont construit le fort. Peu à peu, ils ont repoussé les Caraïbes vers la côte est de l'île, du moins ceux qu'ils n'avaient pas réduits en esclavage. Les Indiens se sont défendus bravement, mais les forces étaient trop inégales. Une flèche n'a pas beaucoup de chances contre une balle, tu le sais. Pour échapper à la domination des colons blancs, un grand nombre de Caraïbes sont partis se réfugier en Dominique et à Saint-Vincent, que les Blancs ont eu la « bonté » de déclarer territoires neutres. Mais les derniers combattants ont préféré se jeter du haut de cette falaise plutôt que de se rendre. Avant de se donner la mort, leur chef a hurlé : « La **Montagne de feu** nous vengera ! »

---

Par la suite, **le Coffre à mort** sera aussi appelé « le Tombeau des Caraïbes ».
Le 8 mai 1902, l'éruption de la **montagne Pelée** détruira complètement la ville de Saint-Pierre, faisant quelque 26 000 morts. Il y aura seulement deux survivants : un prisonnier protégé par les gros murs de pierre de son cachot, et un cordonnier enfermé dans son échoppe, en périphérie de la ville.

Alors que Tila hoche la tête avec tristesse, se demandant quel lien exactement Catherine a avec les Kalinagos, la gouvernante pose la question qui lui brûle les lèvres :

— Elle vit toujours, n'est-ce pas ?

— Qui ? demande la jeune fille d'un air étonné.

— Aïsha.

Tila sourit en entendant ce nom.

— Oui, c'est ma mère. Tu la connais ?

— Si je la connais ! Je l'ai vue naître. Ou plutôt : je les ai vus naître. D'abord Kalidou et puis elle, Aïsha. Les maîtres voulaient leur donner des prénoms français. C'est moi qui ai insisté pour qu'on leur donne les noms qu'avait choisis la pauvre Nilaja.

— Tu as connu Nilaja ?! s'exclame Tila, la bouche tout ronde de surprise et les yeux embués par l'émotion.

— Oui, mon enfant, j'ai connu ta grand-mère.

— Est-ce qu'elle était douce et jolie ?

— Tu ne peux pas imaginer une personne plus douce et plus jolie, répond Madeleine, émue. À part ta mère, bien sûr !

— Et ton oncle ! ajoute Kalidou.

Il rit de bon cœur, prenant conscience de la chance qu'il a d'être encore en vie. Puis il dit :

– Je ne sais pas si tu m'entends, Catherine, mais je veux te remercier parce que tu nous as sauvé la vie. Je vais te dire quelque chose qui n'est pas très joli, mais c'est la vérité. Si j'avais tué cette saleté d'Eugène Leroux, je n'aurais pas plus de regrets en ce moment que si j'avais écrasé un **ravet** d'un coup de talon. Quand je l'ai vu sur la place du Prêcheur, mon sang n'a fait qu'un tour. Bien sûr, je n'arrête pas de penser à lui depuis hier qu'on est arrivés en Martinique. J'ai tout fait pour me raisonner. Mais, là, quand je l'ai vu, toute la haine est revenue comme un raz-de-marée, tellement fort qu'elle m'a rendu fou. En voyant la direction qu'il a prise, j'ai compris qu'il rentrait à la plantation. Alors, j'ai couru aussi vite que j'ai pu. Je connais un raccourci dans la forêt. Je n'ai même pas vu que Mouche me suivait et, pourtant, elle est arrivée en même temps que moi.

Kalidou s'approche de Catherine et lui murmure à l'oreille :

– Autant te le dire tout de suite : Mouche fait des choses très bizarres, parfois ! C'est une espèce de magicienne.

– Ne dis pas de bêtises, Kalidou ! lance Mouche.

---

Un **ravet** est un cafard.

– Tu vois, fait le jeune homme en riant de plus belle, c'est la preuve : elle entend tout !

L'espace d'une seconde, un imperceptible sourire se dessine sur les lèvres de Catherine.

– Pauvre enfant ! chuchote Madeleine. Dieu seul sait ce qui se passe dans sa tête.

Lorsque Tila et ses compagnons remontent sur le *Joyeux César*, un comité d'accueil les attend. C'est que tous les hommes, sur le trois-mâts, ont vu qu'ils avaient embarqué dans la chaloupe avec deux femmes – des *vraies*, celles-là !

– Tu te crois où, Grain de café ? lance d'un air mauvais le dénommé Riton aussitôt que Tila est sur le pont. Sur un bateau de promenade pour les fillettes et les mémés ?

– On est des pirates, bon sang de bonsoir ! fulmine un autre malabar, les poings sur les hanches. Pas des dames de compagnie !

– Au lieu de traquer les bateaux de commerce, grogne un grand blond qui a l'air d'un Viking, on marine dans la baie de Cachacrou, puis dans la rade de Saint-Pierre. On va faire des ronds dans l'eau encore longtemps ?

– Non, mais c'est vrai, capitaine, intervient Ventenpoupe sur un ton conciliant, ce n'est pas raisonnable, ce que tu fais! Mouche et toi, on peut vous accepter parce que tu nous as prouvé que tu es un vrai garçon, et qu'on peut en déduire que c'est un vrai garçon aussi. Mais on ne peut pas accepter des vraies femmes, tu comprends?

– Non, répond simplement Tila avec un regard d'acier.

– Sans blague?

– J'ai l'air de rigoler?

– Mais enfin, capitaine, les femmes, ça porte malheur sur un bateau! Tout le monde sait ça!

Tila sent que la moutarde lui monte au nez, mais elle prend une grande respiration pour se calmer.

– Ventenpoupe, regarde ce bateau qui est à notre droite…

– On dit «tribord», l'interrompt le vieux pirate.

– Je me fous de ce que vous dites! s'emporte Tila. Ce ne sont que des mots!

Elle prend une autre grande respiration, les yeux fermés, et dit:

– Bon, je répète: est-ce que tu vois le bateau qui est à *droite*?

– Oui, fait Ventenpoupe, je vois le bateau qui est à *tribord*.

– Qu'est-ce que c'est comme bateau?

– Ben…

– Ben quoi?

– C'est un négrier…

– Et ça sert à quoi, un négrier? demande Tila qui elle-même vient de l'apprendre, Madeleine le lui ayant dit lorsqu'elles étaient dans la chaloupe, entre la rive et le navire.

– Ben… ça sert à amener des esclaves de l'Afrique aux Antilles.

– Et il n'y a pas de femmes sur un négrier?

– Si, bien sûr, qu'il y a des femmes! Plein de femmes!

– Alors, ça veut dire que ce bateau qui est à *droite* a traversé tout le Grand Océan avec plein de femmes à son bord et qu'il n'a pas coulé, pas vrai?

– Vrai! admet Ventenpoupe.

– Et, après cette longue traversée avec toutes ces femmes à bord, son capitaine est dix fois plus riche aujourd'hui que vous tous réunis, pas vrai encore?

– Vrai encore!

– Alors, on peut en conclure que les femmes n'ont pas porté malheur à ce bateau. Qu'est-ce que tu en dis?

– J'en dis que j'adore ta logique! répond l'homme avec un sourire jusqu'aux oreilles.

Tous les hommes du *Joyeux César* n'ont pas l'humilité et l'ouverture d'esprit de

Ventenpoupe. Il faudrait les torturer pour qu'ils avouent que Tila a réussi à égratigner le vernis de leur superstition. La plupart continuent à pester, faisant des gestes menaçants, lançant des regards mauvais, crachant de vilains mots, bref, essayant d'intimider Grain de café, comme ils disent. Mais ils n'y arrivent pas. Le capitaine monte sur le gaillard avant et crie sur un ton autoritaire :

– Fermez-la !

Ce cri clôt d'un coup toutes les bouches. Cependant, plusieurs visages se durcissent encore plus, leurs propriétaires n'aimant guère recevoir des ordres d'une personne si jeune, capitaine ou pas capitaine.

– Cette dame et cette jeune fille vont partir avec nous parce qu'elles sont là pour nous aider dans notre quête, reprend Tila d'une voix plus douce, mais toujours catégorique. Elles constituent une étape de notre route vers le trésor. Et j'ai une autre mauvaise nouvelle pour vous, les amis… On va encore faire un rond dans l'eau ! On retourne en Dominique, car c'est là qu'elles doivent se rendre.

La tête droite, l'air fier et digne, elle regarde un à un tous les hommes qui lui font face. Puis elle continue :

– Je n'aime pas faire ça, mais je dois rappeler à certains que je suis désormais le propriétaire et le capitaine de ce bateau et que, par conséquent, c'est moi qui prends les décisions importantes. Je vous assure que ceux qui me feront confiance ne le regretteront pas. Les autres… eh bien, je ne les retiens pas. Je ne veux contraindre aucun d'entre vous à faire des choses qu'il n'a pas envie de faire. Je veux qu'on soit une équipe de gens qui travaillent ensemble, pas les uns contre les autres. Ceux qui ne veulent pas faire partie de cette équipe peuvent descendre tout de suite. Il est encore temps, les chaloupes sont toujours dans l'eau.

– Moi, je pars ! crie un homme en s'avançant. Tous ceux à qui il reste un brin de raison devraient faire la même chose. Vous ne voyez donc pas que ce bateau est maudit depuis que Joseph Lataste est mort ? Son spectre ne nous quitte pas des yeux. Je sens tout le temps son regard qui pèse sur moi. Nous sommes maudits si Grain de café reste sur le *Joyeux César*, et nous sommes aussi maudits s'il s'en va, parce que Joseph Lataste nous le fera payer. Moi, ça fait à peine quelques mois que je suis sur ce navire. Je n'y suis pas attaché et, de toute façon, je préfère qu'il coule sans moi !

– Je descends aussi, dit un autre, laid comme un pou. Il n'y a pas meilleur endroit que Saint-Pierre pour trouver un autre bateau. Jean a raison, la malédiction plane sur ce navire.

– Il y en a d'autres ? demande le capitaine du *Joyeux César*.

Personne ne répond. Visiblement, les autres ont décidé de rester. Mais Tila voit bien, à leurs poings serrés et à leurs regards noirs, que plusieurs le font à contrecœur. « Est-ce que c'est la perspective de trouver un trésor qui les retient ? » se demande-t-elle, mal à l'aise en pensant au mensonge que Kalidou leur a raconté et qu'elle ne cesse d'entretenir, elle qui n'aime pas mentir.

– Si vous voulez partir, allez chercher vos affaires, ordonne-t-elle à Jean et à son compagnon. Nous lèverons l'ancre demain à la première heure. Je vous souhaite bonne chance !

– On dit « bon vent », fait Ventenpoupe.

– C'est ça, Ventenpoupe ! Mais, moi, Tila, je dis : bon-ne chan-ce ! Compris ?

Puis, se tournant vers Catherine et Madeleine qui sont venues se placer derrière elle sur le gaillard avant, quelque peu effrayées par toutes ces brutes qui n'ont pas l'air d'apprécier leur présence, elle murmure en souriant :

– Ça en fait deux de moins ! C'est déjà pas mal.

La gouvernante la regarde d'un air perplexe et elle lui déclare tout bas :

– Je ne comprends rien, mon enfant! Sommes-nous vraiment sur un bateau de pirates? Et pourquoi disent-ils que, Mouche et toi, vous êtes des garçons?

Tila rit.

– Venez, répond-elle en prenant Catherine et Madeleine par le bras, je vais tout vous raconter.

Alors qu'elle se dirige, avec les deux nouvelles passagères du *Joyeux César*, vers sa cabine, Tila voit Mouche qui est en train d'installer, à l'arrière du navire, un fil de pêche qu'elle a acheté à Saint-Pierre.

– Excusez-moi, souffle-t-elle à Madeleine et à Catherine, je reviens tout de suite. J'ai un tout petit problème à régler.

La jeune fille s'approche alors de Mouche et, baissant la voix pour que personne ne l'entende, lui demande à brûle-pourpoint :

– Pourquoi tu n'as rien fait pour aider Kalidou?

– De quoi tu parles? dit Mouche qui interrompt son travail pour lui lancer un regard sincèrement étonné.

– Je parle de ce qui s'est passé à la plantation… Tu restais plantée, sans rien faire, alors que ces gens menaçaient de tirer sur Kalidou au moindre faux mouvement…

– Regarde-moi, Tila ! s'exclame Mouche sur un ton dénotant une certaine exaspération. Tu as vu mon gabarit ? Qu'est-ce que je pouvais faire contre tous ces hommes armés ? RIEN !

La Métisse la regarde en biais, avec une moue qui indique clairement qu'elle ne la croit pas.

– Je suis sûre que tu aurais pu faire quelque chose, finit-elle par déclarer.

– Mais enfin, pour qui tu me prends ? lance Mouche avec un agacement évident. Pour Jackie Chan ?

– Jackie qui ? fait Tila avec une grimace comique.

– Lai…

Mouche n'a pas le temps de finir sa phrase. Tila a déjà tourné les talons…

Chavirée par tout ce qu'elle a vu et entendu au cours de cette journée mouvementée, épuisée par le voyage en charrette sur ces routes pleines de trous et de bosses, Tila s'est retirée dans sa cabine, incapable d'avaler une seule bouchée du bon repas qu'Henri Parzet leur avait préparé. Maintenant, tout son corps se détend alors que, couchée sur le lit, elle se laisse bercer par la houle qui balance le bateau et par le clapotis des vagues contre la coque de bois. Malgré cela, elle n'arrive pas à s'endormir. Trop de pensées, trop d'images tourbillonnent dans sa tête. Elle revoit les visages tourmentés des Morin, les esclaves dans le champ de canne à sucre, les yeux tristes de Malaïka; elle imagine les Kalinagos se jetant dans le vide du haut du Coffre à mort. Toute cette souffrance lui fait mal.

Au bout d'un moment, lasse de se tourner et de se retourner entre les draps de lin, la jeune fille s'assoit au bord du lit et rallume la lampe à huile. Dans la faible lumière dorée qui se répand autour d'elle, elle admire encore une fois la magnifique cabine, les beaux objets qui la meublent et la décorent. Tout cela l'intimide un peu, car elle a l'impression d'être entrée dans la chambre, dans l'intimité d'un inconnu. Il lui faudra du temps, songe-t-elle, pour apprivoiser, s'approprier cet espace.

Tila se lève. Le plancher craque sous ses pieds alors qu'elle s'approche d'une fenêtre dont elle tire délicatement les rideaux. La lueur pâle de la pleine lune se morcelle en une infinité de reflets argentés qui dansent sur les flots noirs. Là-bas brillent les lumières de Saint-Pierre. Dans la pénombre, on distingue la silhouette du fort et, derrière, à gauche, celle, plus inquiétante, de la Montagne de feu.

La Métisse observe d'un œil mélancolique les autres bateaux qui sont ancrés dans la rade. Il y a parmi eux plusieurs négriers. Peut-être certains renferment-ils encore leur précieuse « cargaison », des « pièces d'Indes », comme on dit ici pour désigner les lots d'esclaves africains, car, ainsi que le lui a appris Madeleine un peu plus tôt, tous les navires venant d'Afrique sont automatiquement mis en quarantaine, à cause du **mal de Siam** qui

---

Le **mal de Siam** est la fièvre jaune. Les premiers symptômes de cette maladie très contagieuse et mortelle sont la fièvre, des douleurs musculaires, des maux de tête et des douleurs dans le dos.

fait des ravages dans les plantations de la colonie.

Après être repassée près du lit pour prendre la lampe à huile, Tila se dirige vers le petit bureau, à côté de la bibliothèque. Elle s'assoit sur le confortable fauteuil capitonné, recouvert de tissu ocre, passe la paume de sa main sur le bois foncé du meuble, approche son nez pour le sentir. Comme tous les petits objets qui se trouvent dans cette pièce, l'encrier, l'écritoire et un panier contenant des feuilles de papier vierges sont fixés à la surface sur laquelle ils sont posés, ainsi que cela s'impose sur un bateau sans cesse offert aux secousses, petites et grosses, de la mer.

La nouvelle propriétaire du *Joyeux César* observe tout ce qui l'entoure avec curiosité. Sans en avoir réellement conscience, elle cherche quelque chose, car elle a toujours le vague espoir, lorsqu'elle se trouve dans cette cabine où son oncle a vécu, de trouver un objet, un livre ou une lettre qui va lui parler de son père.

Au hasard de son exploration, son regard se pose sur un cadre accroché à la paroi intérieure de la bibliothèque. Elle s'en approche, le décroche et retourne s'asseoir au bureau pour profiter de la lumière de la lampe. C'est un petit portrait qui représente une belle femme dans la trentaine. Elle a des cheveux bruns, remontés en chignon sur le dessus de sa tête, et des yeux noirs, un regard vif, intelligent, à la fois joyeux et rêveur.

Tila scrute ce fier visage qu'elle a l'étrange impression de connaître et qui semble lui sourire. Lorsque ses doigts se sont posés sur le cadre, elle a su d'emblée qu'il était fait en porcelaine, se rappelant la description que Kalidou lui avait faite de cette matière lorsqu'il l'avait amenée à sa cabane de la **pointe des Fous**. Se pourrait-il que ce portrait et celui dont son oncle lui a parlé soient le même? Si c'était le cas, cette femme serait sa grand-mère, peut-être vingt-cinq ou trente ans plus tôt.

La jeune fille met le cadre devant elle sur la table et reste un moment sans bouger, le menton posé dans le creux de ses mains, les coudes appuyés sur le bureau, le regard vagabondant sur les livres de la bibliothèque. Alors qu'elle croise ses jambes, son genou heurte le dessous de la table de travail, produisant un son creux qui lui révèle la présence d'un tiroir qu'elle n'avait pas remarqué.

D'un geste timide, se sentant un peu coupable comme si elle commettait une indiscrétion, Tila tire doucement la petite

---

Voir *Tila, Pirate malgré elle*.

poignée en laiton, le souffle court. «Mais qu'est-ce que c'est? On dirait une carte», se dit-elle alors qu'elle voit dans l'ombre, entre le bord du compartiment et celui du bureau, le bas d'une grande feuille où l'on peut discerner quelques croquis. À mesure que le tiroir s'ouvre davantage, elle constate qu'il s'agit effectivement d'une carte. En fait, un détail le lui confirme : la jolie rose des vents qui figure sur le côté de la feuille, car elle en a déjà vu une sur l'almanach que son père a donné à sa mère avant sa naissance.

On peut dire que c'est une drôle de carte. Aucun nom n'y est marqué. Son auteur a tracé des formes plus ou moins rondes, de différentes grosseurs, pour représenter ce qui doit être des îles. Autour de ces dernières, il y a des zones hachurées et des flèches dont Tila ne comprend pas la signification ; à l'intérieur, des symboles tout aussi indéchiffrables : des triangles, des fleurs, des poissons, des coquillages et d'autres choses encore.

Comme s'il avait voulu montrer qu'il n'était pas si mauvais en dessin que ces croquis grossiers peuvent le laisser supposer, l'auteur de la carte a aussi peint un perroquet, des fleurs d'hibiscus et de papayer, ainsi qu'un dauphin qui, eux, sont bien réussis. Une chose, toutefois, amuse Tila. C'est la couleur du dauphin, car il est rose alors que tout le monde sait bien que les dauphins roses n'existent pas.

La jeune fille a été si étonnée, si intriguée en découvrant cette mystérieuse carte qu'elle a instinctivement approché la lampe à huile d'elle plutôt que le contraire, si bien que le dessin est toujours dans le tiroir maintenant grand ouvert devant elle, ce qui l'oblige à se tenir un peu en arrière. Voulant reprendre une position plus confortable, elle attrape la carte et la tire avec soin pour la poser sur le bureau. C'est alors qu'apparaît, en dessous, une enveloppe fermée par un sceau de cire rouge qui impressionne grandement Tila. Mais quelque chose l'impressionne encore plus : son nom est inscrit dessus…

Le cœur battant, la main tremblante, elle décachette l'enveloppe et en sort deux feuilles qu'elle déplie fébrilement.

*Très chère Tila,*

*J'espère que tu n'auras pas déjà quitté Waitukubuli au moment où tu trouveras cette lettre et cette carte. Si c'est le cas, tu devras peut-être y retourner tout de suite, car c'est là que se trouve le point de départ…*

« *Le point de départ de quoi ?* »
*dois-tu te demander à fort juste titre.*

Tila sourit.
– Oui, tonton Joseph, dit-elle tout bas,
c'est exactement ça que je me demande !

*Figure-toi, ma chère enfant, que,
étant moi-même un grand enfant, je
me suis follement amusé en t'inventant
un grand jeu d'aventures sur la mer des
Caraïbes.*

*Loin de moi, cependant, l'idée de
t'envoyer dans des endroits où tu n'as
pas envie d'aller, de te faire faire des
choses que tu n'as pas envie de faire.
Sache que tu as le choix, que tu peux
bien évidemment refuser de jouer à ce
jeu si tu le désires. Tu es la seule
maîtresse de ta destinée. Et à aucun
moment, tu ne dois te sentir redevable
envers moi parce que je t'ai laissé ce
bateau.*

*Ces précisions faites, laisse-moi
t'expliquer le jeu dans ses grandes
lignes. Ainsi, tu pourras décider en toute
connaissance de cause.*

*Le premier indice, le seul que tu auras entre les mains au départ, t'amènera à un endroit précis où une personne précise te donnera un autre indice et une clef. Ce nouvel indice t'indiquera un nouvel endroit. Là, tu trouveras un petit coffret, que tu ouvriras avec la clef. Dans ce coffret, il y aura un indice qui te permettra de trouver le prochain endroit, la prochaine personne, la prochaine clef, le prochain coffret, et ainsi de suite, jusqu'au dernier coffre. Un gros coffre, celui-là. Avec un trésor dedans. Oui, Tila ! Un vrai trésor !*

*Tu es maintenant là, dans cette cabine, en train de lire cette lettre, et cela montre que tu es une fille courageuse. En effet, tout en étant de sexe féminin (comme on n'a pas dû manquer de te le faire remarquer...), tu es arrivée à prendre la place qui te revient sur le « Joyeux César », lequel t'appartient, ainsi que le certifient les documents notariés que je remettrai à Pierre Jean avant de m'en aller. Tu as été aussi suffisamment courageuse pour partir en laissant derrière toi les gens que tu* aimes, l'endroit où tu as vu le jour et où tu as grandi. Je suis sûr que ça n'a pas été facile, mais tu l'as fait et je t'en félicite.

Si tu décides de jouer à ce jeu, j'espère que tu t'amuseras autant que je l'ai fait en le préparant !

Tu dois cependant comprendre que cette course au trésor n'est pas seulement un jeu. Elle t'aidera à développer des qualités que tu as déjà et t'apprendra beaucoup de choses que tu auras le plaisir de découvrir jour après jour. Elle te donnera une direction, t'enseignera la navigation, te permettra d'explorer la mer et des terres inconnues, de rencontrer toutes sortes de gens.

J'ai une dernière chose à te dire, du moins pour l'instant, car tu verras que je n'ai pas fini de te parler ! Le petit portrait, dans la bibliothèque, repré-sente ta grand-mère. Elle s'appelle Amandine. Son mari, mon père, ton grand-père, s'appelle Georges. À l'heure où j'écris ces lignes, ils sont tous les deux encore en vie. Qui sait si cette drôle

*de route que tu prendras, si tu acceptes*
*de jouer à mon jeu, ne te mènera pas à*
*eux ! Et à qui d'autre encore ? Où*
*encore ? Va savoir ! Tout peut arriver !*
*Peut-être y a-t-il au bout de ce chemin*
*un autre trésor, une autre étoile...*

*Je t'embrasse affectueusement, ma*
*chère Tila.*

*Lataste.*

Tila n'en revient pas ! Elle se gratte la tête,
relit la lettre pour être sûre qu'elle a bien
compris, regarde encore la carte.

– Mais qu'est-ce que c'est que cette histoire de fou, Amandine ?! s'exclame-t-elle en
regardant le portrait de sa grand-mère.

« Et mon père dans tout ça ? continue-
t-elle dans sa tête. C'est incroyable ! Joseph me
parle du bateau, de son jeu, de mes grands-
parents, mais pas un mot sur mon père... Et
personne sur ce bateau n'a l'air de pouvoir, ou
de vouloir, me dire quoi que ce soit à son
sujet ! Peut-être qu'il est mort et que tout le
monde préfère éviter d'en parler pour me
ménager. Kalidou m'a dit tout à l'heure que
ces gens disent rarement les vraies choses.
Peut-être qu'il a raison... »

En bâillant, Tila remet la carte et la lettre dans le tiroir. Puis elle se dirige vers son lit en se disant: «Au moins, si j'accepte de jouer à ce jeu, je n'aurai plus à mentir à ces hommes. Il y aura vraiment un trésor!»

Le lendemain, lorsque Mouche vient cogner à sa porte, Tila a bien du mal à ouvrir les yeux. Un instant, elle croit que c'est encore la nuit, qu'elle rêve que Mouche est en train de taper sur la porte, mais celle-ci frappe encore plus fort en criant :

– Tila ! Réveille-toi ! Ce n'est pas toi qui as dit qu'on devait partir à la première heure ? Tout le monde est déjà sur le pont. Tempo dit qu'il ne peut pas faire partir le bateau tant que tu ne lui en as pas donné l'ordre.

Tila se frotte les yeux, saute de son lit et enfile à toute vitesse ses vêtements en grognant :

– Ça va ! J'arrive !

Une minute plus tard, elle est sur le pont. Faisant fi des regards sombres que certains lui décochent, elle lance sur un ton guilleret :

– Vous êtes prêts à partir ? Alors, on y va !

Aussitôt, Pierre Jean donne les ordres nécessaires pour que soient exécutées les manœuvres de départ. On remonte l'ancre, on hisse les voiles, on love les cordages. Lorsque le *Joyeux César* passe à côté de la *Gorgieuse*, Tila voit Simon «la Teigne» sur le pont. Il lui fait un signe de la main et un petit sourire.

– Incroyable ! s'exclame Ventenpoupe. C'est la première fois que je le vois sourire, celui-là ! Ça montre que notre capitaine a plus d'un tour dans son sac !

– Vendu ! crache Riton.

– Pauvre con ! riposte le vieux pirate.

Préférant ne pas entendre la suite de cet échange de mots doux, Tila se dirige vers Madeleine et Antonin Armagnac qui discutent à l'avant du navire.

– Bonjour, Madeleine ! Bonjour, Antonin !

– Bonjour, Tila ! répondent-ils en chœur.

– Est-ce que tu as bien dormi, Madeleine ?

– Tu ne peux même pas imaginer, mon enfant, comme cette nuit a été bonne ! répond la désormais ancienne gouvernante, la mine rayonnante. Cela faisait au moins trente-cinq ans que je n'avais pas aussi bien dormi !

Elle a dormi avec Catherine dans la cabine de Mouche qui, elle, a couché sur un matelas posé par terre, dans le petit salon. Tila voulait partager sa cabine avec elles, mais Antonin Armagnac a affirmé qu'elle doit rester seule, au moins les premiers jours, pour explorer son «domaine», comme il dit.

« Est-ce qu'il sait ? » s'interroge-t-elle maintenant.

Mais comme elle ne peut lui poser cette question de but en blanc et devant témoin, elle demande plutôt :

– Où est Catherine ?

Madeleine balaie le pont d'un regard qui se remplit vite d'inquiétude.

– Je ne comprends pas…, murmure-t-elle en fronçant les sourcils d'un air anxieux. Elle était là tout à l'heure. Où a-t-elle pu aller ?

Aussitôt, Tila se précipite vers Gabriel qui est en train d'ajuster une drisse.

– Est-ce que tu as vu Catherine ? lui lance-t-elle.

– Vu que tu ne m'as pas parlé depuis deux jours et que tu ne m'as pas présenté tes amies, je ne sais pas qui est Catherine, réplique le jeune matelot, la bouche pincée et le nez en l'air, histoire de bien lui montrer qu'il est fâché.

– Oh, je t'en prie, Gabriel ! dit Tila d'un air contrit. Il se passe tellement de choses en ce moment que, des fois, j'ai du mal à suivre ! Tu ne dois pas m'en vouloir.

– Elle est partie par là, fait simplement le garçon en montrant du menton l'escalier qui mène à ce que la nouvelle propriétaire du bateau a baptisé dans son esprit « le Côté sombre ».

– Et tu l'as laissée descendre? s'indigne Tila.

– Oh, scusez-moi, capitaine! s'exclame Gabriel en souriant jaune. Je ne savais pas qu'en plus de toutes les choses que j'ai à faire sur ce foutu rafiot, je devais *aussi* surveiller tes invitées!

– Viens avec moi!

– Mais…

– C'est un ordre!

En poussant un soupir d'exaspération, Gabriel lâche sa drisse, après avoir tout de même pris soin de la bloquer, pour suivre son capitaine en ronchonnant intérieurement: «Tous les mêmes! Toujours prêts à abuser de leur pouvoir et à te traiter comme si tu ne valais pas plus cher qu'une peau de banane!»

Le carré est vide; la cuisine aussi. Avant-hier, Tila a arrêté là sa visite du Côté sombre, comme si c'était suffisant pour une première fois. Aujourd'hui, elle n'a pas d'autre choix que de continuer. Elle s'enfonce avec Gabriel dans l'entrepont. Il y a là une immense pièce avec plein de hamacs et quelques canons sur les côtés. Mais la jeune fille n'a pas le temps de tout regarder, car, aussitôt qu'ils y pénètrent, son compagnon lui dit tout bas:

– Regarde, elle est là!

En effet, Catherine est assise dans un coin de la pièce, les yeux fermés, à côté d'un hamac dont la forme montre qu'il y a quelqu'un à l'intérieur.

– C'est Clément, murmure encore Gabriel.

Après lui avoir fait signe de ne pas faire de bruit, Tila s'approche de Catherine en marchant sur la pointe des pieds. Mais celle-ci ne tarde pas à ouvrir les yeux et à tourner la tête dans sa direction, lui apprenant qu'il est inutile d'essayer de se déplacer silencieusement sur un plancher de vieux bois qui craque de partout…

– Qu'est-ce que tu fais ici, Catherine? demande Tila en continuant à marcher vers elle, mais maintenant d'un pas franc.

Catherine referme les yeux sans répondre, sa main serrant toujours très fort celle de Clément qui sourit, heureux.

C'est la fête, aujourd'hui, sur la plage de Cachacrou lorsque le *Joyeux César* jette l'ancre dans la baie. Presque tous les habitants du village sont là, criant, chantant, sans peintures de guerre ni armes cette fois. Ils crient et chantent encore plus fort lorsque Tila descend du navire pour prendre place dans une chaloupe, suivie de Kalidou, de Mouche, de Gabriel et de deux femmes que personne ne connaît.

Bien entendu, Aïsha a été la première à courir vers la plage, Kicha dans les bras et Akil sur les talons, lorsqu'un gamin est venu lui dire que le bateau de Tila était dans la baie. Elle n'en revient pas! Tila est déjà de retour! Cela signifie qu'elle a trouvé Catherine. Ce doit être la jeune fille blonde qui est assise à sa droite dans la chaloupe. Mais qui est cette femme, à sa gauche, dont on ne voit pas le visage?

C'est que Madeleine, voulant faire une surprise à Aïsha, garde la tête baissée. Alors que la chaloupe s'approche du rivage, elle la regarde, elle, par en dessous, n'ayant eu aucun mal à la repérer sur la plage, seule femme noire parmi tous ces gens à la peau dorée.

Aussitôt que le devant de la chaloupe s'enfonce dans le sable, Tila saute dans l'eau et court vers sa mère pour se jeter dans ses bras. Celle-ci la soulève et la serre contre elle. Mais, très vite, Aïsha lâche sa fille et s'approche de la femme qui est restée en arrière, comme si une force l'attirait irrésistiblement vers elle. Sentant, savourant sa présence tout près d'elle, Madeleine garde la tête baissée, jusqu'à ce que les doigts de sa pitchoune se posent sur son menton pour le relever.

— Aïsha! ne peut-elle s'empêcher de murmurer lorsque ses yeux rencontrent les siens.

Même si le visage qui les entoure a changé, s'est creusé de rides, Aïsha pourrait reconnaître entre mille ces yeux, ce regard, cette voix, mais elle les reconnaît sans pouvoir croire qu'elle a en ce moment devant ses yeux, sur la plage de Cachacrou, la personne à qui ils appartiennent alors que, pour elle, cette personne fait partie d'un autre monde qu'elle a préféré oublier depuis longtemps. Bien que cette femme soit toujours restée dans son cœur, seule lumière dans un monde de ténèbres, Aïsha n'est même plus sûre de se souvenir de son nom.

– Ma…, fait-elle, son regard stupéfait planté dans le sien.

– … deleine, répond son ancienne gouvernante.

– MADELEINE!!!

– AÏSHA!!!

Elles s'étreignent en tournant sur la plage, riant et pleurant de joie. Heureux de les voir heureuses, plusieurs Kalinagos poussent des petits cris en tapant des mains. Tila est si émue qu'elle en a les larmes aux yeux. Mais, bientôt, quelqu'un, derrière elle, lui tape sur le bras.

– Tila! Tila!

La jeune fille doit baisser la tête pour voir qui l'appelle ainsi. C'est Akil, son petit frère, qui la tire par la main pour l'amener un peu plus loin.

– Tout à l'heure, il y a un petit singe qui est venu me voir, dit-il doucement.

– Un petit singe ? demande Tila avec étonnement. Où ?

– Il était dans l'arbre où j'ai vu le ti-colo, l'autre fois. Il regardait autour de lui, comme s'il avait peur que quelqu'un le voie, et en même temps il me faisait signe de venir. C'est ça que j'ai fait. Je suis allé à côté de l'arbre et, là, il m'a donné un morceau de papier. Regarde, ajoute Akil en tendant à son tour une feuille pliée en deux à sa sœur, c'est ton nom qui est marqué dessus : T-I-L-A.

Intriguée, Tila prend le papier, songeant que le singe dont parle son petit frère ne peut être que Totos, le singe de Chliko-Un. Elle déplie fébrilement la feuille de papier et lit ce message :

*Tila, les ti-colos ont enlevé Aya !*

*Viens vite nous voir !*

À suivre…

# Tila

Tomes 1 et 3 maintenant en librairie

# Celtina

## La Chaussée des Géants - Tome 1

En librairie

# DARHAN

## L'empereur Océan - Tome 7

En librairie

La production du titre : *Tila, Bon vent, Fille des trois terres !* sur
10 110 lb de papier Enviro antique 100 plutôt que sur du papier
vierge aide l'environnement des façons suivantes :

Arbres sauvés : 86
Évite la production de déchets : 2 477 kg
Réduit la quantité d'eau : 234 309 L
Réduit les matières en suspension dans l'eau : 15,7 kg
Réduit les émissions atmosphériques : 5 439 kg
Réduit la consommation de gaz naturel : 354 m³